Eric Frimat

APPARENCES

Roman

DU MÊME AUTEUR :

Pour un baiser, BoD, 2019.
Question d'honneur, BoD, 2020.

Pour contacter l'auteur :

eric.frimat@gmail.com

© 2021, Eric Frimat

Édition : BoD – Books on Demand, 12/14 rond-point des
Champs-Élysées, 75008 Paris.

Impression : BoD - Books on demand, Norderstedt, Allemagne.

ISBN 978-2-322-39681-8

Dépôt légal : octobre 2021

1

Ce mercredi matin de mai, Olivier se lève de bonne humeur. Il commence à travailler tôt. Soucieux de ne pas réveiller Laurence, son épouse, il évite tout bruit lorsqu'il quitte son lit et se déplace dans la pénombre, prenant soin d'éviter les obstacles. En descendant l'escalier, il veille à enjamber la troisième marche qui grince, ce qui n'est pas un mince exploit compte tenu de la largeur de la marche en question.

Après un passage rapide par la salle de bain, qui présente l'avantage pour la discrétion d'être située au rez-de-chaussée, il entre dans la cuisine. Son premier réflexe est de mettre en route la cafetière puis de se préparer un solide petit déjeuner. Dehors, une bruine s'est mise à tomber mais il s'en fiche un peu. Ce n'est pas une faible pluie de rien du tout qui entamera son enthousiasme. Et comme n'a cessé de le lui répéter sa mère pendant son enfance : le premier repas de la journée est le plus important !

Après avoir englouti cinq tartines généreusement enduites de confiture, deux cafés et un laitage, il prend un fruit dans la corbeille et enfile son blouson. En ce mois de mai, les matinées demeurent fraîches.

En croquant une pomme, il se dirige vers le parking où est stationné son outil de travail. Sa fierté ! Un tracteur routier Volvo dont il est l'heureux propriétaire.

Le métier de transporteur est exigeant mais il apprécie la sensation de liberté qu'il procure. Une profession l'obligeant à rester confiné une journée entière dans un bureau n'aurait pas été envisageable pour lui. Des contrats avec la grande distribution lui assurent une activité régulière et lui permettent de gagner correctement sa vie. Cela suffit à son bonheur.

Comme Olivier a choisi de n'opérer que dans un rayon de cent kilomètres autour de son domicile, il a l'assurance de rejoindre tous les soirs la maison individuelle qu'il termine de payer, car pour lui, dormir à côté de son épouse toutes les nuits sans avoir à découcher n'a pas de prix.

La cinquantaine rayonnante, il s'efforce de garder la forme grâce à une présence régulière dans les salles de musculation. Le couple qu'il forme avec Laurence est solide. Son moral est au beau fixe. Ce mercredi s'annonce donc sous les meilleurs auspices.

Le jour vient à peine de se lever quand il monte à bord de son camion. Un regard sur son GPS le rassure. Il n'y a pas de perturbations annoncées sur la route qu'il doit emprunter pour son premier rendez-vous. Il débute le parcours en sifflotant et en songeant au week-end qui s'annonce. Il a offert à sa femme, à l'occasion de son anniversaire, un séjour dans un Relais & Châteaux. Deux jours dans une station balnéaire de la côte d'Opale vont leur permettre de se ressourcer. Comme ils n'ont pas d'enfant, aucune contrainte ne les obligera à rentrer tôt dimanche, ce qui leur laissera largement l'occasion d'en profiter.

Une vieille chanson de Johnny passe à la radio. Il ne peut s'empêcher de la fredonner. Il chante faux, mais cela lui est égal. Seul dans la cabine, personne ne peut l'entendre.

Les kilomètres défilent sans altérer sa bonne humeur. Parti de Carvin dans le Pas-de-Calais, il approche de son premier lieu de déchargement, un supermarché de Camphin-en-Pévèle, une commune rurale proche de Lille. Il vient d'emprunter l'autoroute de Bruxelles quand la pluie gagne en intensité. Des trombes d'eau se mettent bientôt à s'abattre sur la chaussée, l'obligeant à ralentir. La visibilité est réduite et il serait suicidaire de rouler plus vite. De toute façon, il lui reste encore de la marge pour arriver à l'heure et il n'a aucune raison de s'inquiéter.

L'autoroute ne comporte sur cette portion que deux voies et a une mauvaise réputation. Olivier décide donc de redoubler de prudence. C'est à ce moment précis qu'un « confrère » d'Europe de l'Est entreprend de le dépasser. Déjà qu'il exècre cette concurrence déloyale, la conduite irresponsable du routier a le don de l'exaspérer. Aussi préfère-t-il le laisser se rabattre devant lui pour ne plus l'avoir à sa hauteur.

Ce qui n'aurait dû être qu'une manœuvre sans gravité se transforme rapidement en cauchemar. La remorque du conducteur pressé frôle sa cabine à la fin du dépassement, le contraignant à piler. Son camion zigzague mais son expérience de la route lui permet de conserver le contrôle de la trajectoire. Il vient à peine de lancer des appels de phares rageurs à l'inconscient, qu'il sent un choc sourd à l'arrière qui

7

le propulse en avant. Il stabilise l'attelage et réussit à l'immobiliser sur la voie de gauche, sans oublier d'allumer les feux de détresse. Il s'en est fallu de peu pour qu'il ne termine sa course sur le terre-plein central !

Rempli d'appréhension, Olivier met quelques secondes à reprendre ses esprits et sort de la cabine. Depuis le début de sa carrière, il n'a jamais eu d'accident. Les jambes tremblantes, il gagne l'extrémité de la remorque sous une pluie battante et ne peut que constater le désastre. Une voiture, dont il ne parvient pas tout de suite à identifier le modèle, s'est encastrée sous le châssis de son poids lourd sur près de la moitié de la longueur.

Et au vu de l'état du véhicule, il y a peu de chance que la personne au volant soit encore en vie !

*

Julien a travaillé toute la nuit. Les joies d'être d'astreinte !

Cadre informatique, un programme défaillant l'a obligé à intervenir directement sur le site de son entreprise située à Villeneuve-d'Ascq, une ville réputée pour concentrer les nouvelles technologies.

Normalement, il aurait dû être en mesure de résoudre le problème de son domicile de Camphin. Mais le sort s'est acharné contre lui. Un réseau Wi-Fi capricieux et un ordinateur portable anormalement lent l'ont obligé à revoir ses plans. En désespoir de cause, il n'a pas eu d'alternative que de quitter la chaleur du cocon familial pour se rendre au siège. Une décision qui demeure toujours un déchirement pour lui. Il déteste conduire la nuit. En plus, il adore bosser de la maison où il apprécie de pouvoir gérer l'organisation de sa journée à son rythme, en faisant des pauses régulières. Il se restaure alors d'un jambon-beurre aux cornichons, si l'envie lui prend, ou regarde un épisode de la série du moment sur Netflix. En plus, il a toujours des scrupules à laisser ses enfants et sa femme seuls. Pourtant là, ce n'est pas comme s'il avait eu le choix !

Au petit matin, il a enfin identifié l'anomalie et l'a corrigée. Il est soulagé. Il va pouvoir rentrer chez lui. Il n'a qu'une seule hâte, celle de se mettre au lit.

Julien prend un dernier café au distributeur de boissons pour lutter contre le sommeil et pouvoir accomplir la quinzaine de kilomètres qui le séparent de son domicile. Des gouttes de sueur perlent sur son front. Cela dure depuis maintenant quelques minutes et ça le surprend, d'autant qu'à son arrivée, il était encore en pleine forme.

Le ciel est couvert mais il peut apercevoir les rayons du soleil poindre à l'horizon. L'équipe de nettoyage ne tardera pas à débuter sa journée. C'est le bon moment pour se mettre en route.

Il retrouve sur le parking Bernard, un de ses collègues, qui comme lui termine une intervention. Ce dernier n'habite pas très loin de chez lui et il leur arrive de faire la route ensemble quand leurs horaires sont compatibles. Ils ne travaillent pas dans le même département mais s'estiment.

Bernard est ingénieur réseau et intervient régulièrement la nuit. Julien le salue et rejoint l'emplacement où il s'est garé.

Il ne se sent pas très bien et espère que ce n'est qu'un malaise passager. Il s'est à peine installé au volant de sa voiture qu'une pluie fine se met à tomber. Pour lui qui n'éprouve déjà aucun plaisir à prendre la route par temps sec, c'est une source de stress supplémentaire. Et ce trajet, essentiellement sur voie rapide, qui est d'une monotonie déprimante ! Le seul avantage qu'il trouve à se déplacer à une heure aussi matinale est la quasi-absence de circulation. Une véritable bénédiction sur une métropole lilloise en permanence à saturation en périodes de pointe. Il met la clé de contact et verrouille sa ceinture. Il appréhende la route tant il se sent faible, aussi bien physiquement que moralement.

En dépit du crachin persistant, son véhicule progresse en respectant les limitations de vitesse. Son état ne s'arrange pas. De violentes crampes d'estomac le font maintenant souffrir.

S'il n'y avait que ça !

Perdu dans ses pensées, Julien regarde à peine la route. Sa vie est devenue tellement compliquée, avec cette impression de vivre dans le mensonge en permanence. Il n'ose penser à ce qui arriverait si Stéphanie, son épouse, découvrait la face sombre de l'homme qui partage son lit, sans qu'il ait la possibilité de lui fournir d'explications ! Il n'en peut plus de lui dissimuler une partie de lui-même. Ce sentiment tenace d'être désormais arrivé à un tournant de son existence.

C'est devenu une évidence. Il lui semble désormais difficile de continuer à cacher à sa compagne une vérité qui le ronge. Il est suffisamment lucide pour se rendre compte qu'elle commence à se poser des questions. Il veut préserver les enfants, mais sait qu'ils souffriront en apprenant quel père pitoyable il est ! Alors, à quoi bon différer plus longtemps l'inéluctable ? Il doit tout leur dire, et pour cela, il s'est résolu à écrire une confession. Il la fera lire à sa femme en sa présence. Il espère simplement qu'elle comprendra.

Tout à ses préoccupations, Julien s'aperçoit tardivement que le crachin s'est transformé en un véritable déluge. L'habitude d'une route connue par cœur et la fatigue font oublier les risques à rouler aussi vite sur une chaussée détrempée. Même en respectant la limitation de vitesse, sa voiture ne peut éviter la séance d'aquaplaning qui a le malheur de se produire au moment où le poids lourd qui la précède freine brusquement devant lui.

Julien réalise que son véhicule ne pourra éviter la collision. Un coup de volant de la dernière chance ne suffit pas. Sa dernière pensée est pour ses proches. C'est une certitude. Il ne fêtera pas ses quarante-cinq ans avec eux la semaine prochaine.

Le choc est effroyable et égoïstement, ce matin-là, les centaines d'automobilistes à emprunter l'autoroute de Bruxelles s'énerveront contre ce satané bouchon.

11

2

Stéphanie a du mal à émerger ce matin. Elle travaille chez elle le mercredi et apprécie traditionnellement cette rupture dans son organisation hebdomadaire. Elle aime cette sensation de liberté que lui offre la possibilité de passer la journée chez elle. Mais pas aujourd'hui. Elle s'est réveillée seule, à l'issue d'une nuit agitée, et a appris en se levant que son mari avait dû effectuer un dépannage au siège de sa société. Enfin, si elle en croit le message qui l'attendait sur la table de la cuisine.

« C'est quand même curieux qu'il n'ait pas réalisé l'intervention de la maison comme d'habitude ! », ne peut-elle s'empêcher de penser.

Stéphanie est en plein doute depuis plusieurs semaines. Elle ressent de plus en plus les absences de son mari comme une trahison. Elle aimerait être indulgente, vis-à-vis des astreintes auxquelles Julien est soumis, mais elle a perdu la confiance en lui qui jusqu'à présent constituait le ciment de leur couple.

L'humeur changeante de son époux et des décisions parfois surprenantes ont fini par lui mettre la puce à l'oreille. Elle le sent de plus en plus stressé et ne le reconnait plus. En entamant son déjeuner, elle se dit que cela ne peut plus durer. Elle doit savoir. Elle espère encore que son imagination lui joue des tours, pourtant au fond d'elle-même, elle sait qu'elle ne se trompe pas. Il lui cache quelque chose !

Il ne devrait plus tarder à rentrer. Il est même étonnant qu'il ne soit pas déjà là. Et si ce déplacement à l'entreprise n'en était pas un ? Et si son mari était au même moment en train de s'attarder chez sa maitresse ? À se miner avec des « si », Stéphanie sent une boule d'angoisse monter en elle. Se pourrait-il que ce fumier la trompe en prétextant des sorties professionnelles qui n'en sont pas ? Elle doit se ressaisir. Il est inutile d'échafauder les pires scénarios. Elle lui parlera quand il rentrera et il aura intérêt à se montrer convaincant !

Elle décide alors de savourer les quelques instants qui lui restent avant le réveil des enfants. Deux ados pleins de vie qui lui en font voir de toutes les couleurs. Elle en est à beurrer sa première tartine et s'apprête à la plonger dans son café quand la sonnette de la porte d'entrée retentit. Un son bref.

Elle pense immédiatement à Julien qui a oublié sa clé. Cela ne serait pas la première fois ! La jeune femme prend son temps. Aujourd'hui, elle n'est pas d'humeur à se précipiter pour se jeter à son cou. En soupirant, elle se lève de sa chaise et se dirige vers la porte. Manifestement, pas assez vite au gout de son mari. Pour la deuxième fois, le carillon se fait entendre. Énervée, elle ouvre brutalement la porte, en se disant intérieurement que cet abruti va finir par réveiller les garçons.

Un regard sur les deux policiers sur le pas de la porte lui fait immédiatement réaliser son erreur. Leur mine de circonstance ne laisse guère de place au doute.

Il est arrivé quelque chose de grave à Julien !

*

Laurence a revêtu son manteau et s'apprête à partir travailler. Ses clés à la main, elle est sur le point de fermer la porte de son domicile quand une musique familière se déclenche sur son smartphone. Son mari essaie de la joindre ! Un appel qui ne manque pas de la surprendre. Ce n'est pas vraiment l'heure où Olivier a l'habitude de lui faire un petit coucou. Beaucoup trop tôt. Avec une pointe d'appréhension, elle prend la communication. D'une voix hésitante qu'elle peine à reconnaitre, son homme s'exprime de manière confuse. Elle doit lui demander de répéter et augmenter le son de la réception, pour finir par comprendre ce qu'il essaie de lui dire :

- Je suis arrêté sur l'autoroute… J'ai eu… J'ai eu un gros problème avec le Volvo !

- Tu m'inquiètes ! C'est quoi tous ces bruits autour de toi ? Tu as eu un accident ?

- Oui, mais ne t'en fais pas pour moi ! Ce n'est pas ça qui est important. En fait, je viens de… de tuer quelqu'un !

- Comment ça, tu as tué quelqu'un ?

- J'ai dû piler, je n'avais pas le choix et…

Laurence ne parvient pas à en entendre davantage. Son époux, son roc, éclate en sanglots. Un comportement inhabituel chez lui. Elle connait son professionnalisme et sa légendaire prudence au volant. Elle ne peut pas croire qu'il ait provoqué la mort de quelqu'un. Olivier a voulu éviter un obstacle. Il ne devait pas pouvoir agir autrement.

- Calme-toi, où es-tu exactement ?

- Euh, je ne sais plus !

- Reprends tes esprits ! Respire un bon coup et réfléchis avant de répondre. Pense à ton planning !

- Je suis… sur l'autoroute de Bruxelles ! Cela me revient ! Près de la sortie Baisieux. Je suis à la hauteur du panneau annonçant la sortie à deux kilomètres.

- Tu es en état de conduire ?

- Je ne crois pas, mais de toute façon, je ne peux pas utiliser le Volvo pour le moment. Ils n'ont pas encore fini de désincarcérer la voiture à l'arrière et… C'est trop horrible…

Laurence comprend qu'Olivier n'est pas en état de conduire. Rien ne dit qu'en plus, le poids lourd sera encore en état de rouler quand la carcasse du véhicule encastré aura été dégagée. Sans compter le procès-verbal que devront dresser les forces de l'ordre, susceptible de durer plusieurs longues minutes, et aussi le risque que le camion soit immobilisé pour les besoins de l'enquête.

- J'essaie de te rejoindre au plus vite. Je sais que c'est difficile pour toi. Il est hors de question que je te laisse affronter cette épreuve tout seul. On n'est quand même pas mariés depuis vingt-cinq ans pour rien ! Bon maintenant je te laisse. Je dois me renseigner pour savoir où je peux te récupérer. Passe-moi le gendarme ou le CRS le plus proche de toi. Je dois lui parler !

En s'adressant à lui ainsi, elle a le sentiment de l'infantiliser, mais dans l'état dans lequel il se trouve, elle n'a pas vraiment le choix.

Après s'être entretenue avec un CRS, l'épouse du routier a la confirmation de ce qu'elle pressentait : celui-ci est en état de choc et dans l'incapacité de reprendre le volant dans l'immédiat. Les premières constatations ont été effectuées ; il est maintenant prévu qu'une ambulance emmène son époux au CHR de Lille pour qu'il y subisse des examens pour les besoins de l'enquête. La procédure normale en cas de mort accidentelle.

En raccrochant, Laurence n'a dès lors qu'une idée en tête : rejoindre l'hôpital. Mais auparavant, elle doit prévenir son employeur. Il n'est pas concevable qu'elle parte travailler en laissant son mari dans une telle détresse. Cela bouleversera son organisation de la journée, mais tant pis.

Il lui restera ensuite à expliquer la situation à son amant, avec lequel elle a prévu de passer la pause du midi. Mais elle ne doute pas qu'il comprendra !

*

Stéphanie est effondrée et peine à digérer la nouvelle. Pas son mari ! Ce n'est pas possible ! Il doit y avoir une erreur !

Les policiers partis, elle essaie de se persuader qu'il ne peut s'agir que d'une méprise. Julien a prêté son véhicule. C'est une autre personne qui était au volant. Voilà, c'est ça ! Mais elle se rappelle les paroles du brigadier : « Il y avait le portable de votre époux dans le vide-poche et ses papiers dans la boite à gants, c'est comme ça qu'on a réussi à trouver vos coordonnées ! »

Et dire qu'elle doutait de lui ! Il ne lui restait que cinq kilomètres avant d'arriver à la maison. Ah, si elle pouvait remonter le temps : l'embrasser avant qu'il n'aille réaliser son dépannage, lui faire une dernière fois l'amour, ou simplement lui dire que, malgré les doutes qui l'assaillent depuis quelques semaines, elle l'aime…

Elle s'en veut de sa mauvaise humeur de la veille. Elle sanglote maintenant assise sur sa chaise, les épaules secouées de soubresauts. Elle n'a pas touché à sa tasse de café et sa tartine enduite de confiture la dégoute. La gorge serrée, elle serait de toute façon incapable d'avaler quoi que ce soit !

Du bruit à l'étage la rappelle à la triste réalité. La chasse d'eau puis un pas lourd dans l'escalier lui confirment ce qu'elle appréhendait. Un de ses ados vient de se réveiller et elle ne va pas pouvoir différer plus longtemps l'épreuve qui l'attend. Une putain d'épreuve qui laissera des traces. Elle le sait déjà.

Mais quel enfoiré pourrait prétendre qu'il y a une méthode douce pour annoncer à ses enfants le décès de leur père ?

*

Alors que Laurence s'apprête à retrouver son mari à l'hôpital, elle se surprend à songer à Thibault, son amant. Pourquoi est-elle si faible et ne peut-elle renoncer une fois pour toutes à lui ? Mais elle ne connait que trop bien la réponse : parce qu'elle l'aime tout simplement, de la même façon qu'elle aime Olivier, et elle ne peut se résoudre à choisir.

Elle en est consciente depuis que ça lui est tombé dessus, et pour rien au monde, elle ne se priverait de l'un d'eux. Elle est pourtant suffisamment lucide pour anticiper que ni l'un ni l'autre n'apprécierait d'apprendre la vérité. Alors elle a appris à composer avec son secret dans sa vie quotidienne. En faisant croire à Olivier qu'il n'y a que lui, et à Thibault que son rival a une personnalité fragile qui ne supporterait pas le choc d'une rupture ! Deux mensonges pour pouvoir continuer à vivre comme elle l'entend.

En arrivant devant la porte de la chambre où l'attend son mari, elle se surprend à douter de pouvoir continuer son double jeu pendant des mois. Elle connait suffisamment celui qu'elle a épousé pour savoir qu'il aura du mal à surmonter le traumatisme d'avoir causé la mort d'un automobiliste. Elle a déjà pris conscience qu'il lui faudra du temps pour y parvenir, et surtout qu'il aura besoin de sa présence auprès de lui. De ce fait, les heures qu'elle pourra accorder à son amant risquent d'être ramenées à leur plus simple expression dans les semaines à venir.

Quand elle entre dans la pièce, il ne réagit pas immédiatement à sa présence. La tête entre les mains, il fixe le carrelage, assis sur le lit, indifférent à ce qui l'entoure. Alors, elle oublie pour un instant son dilemme et s'approche de lui sans un bruit. Elle mesure l'immensité de sa détresse à la tristesse qui émane de son regard. Sans prononcer un mot, elle s'installe à ses côtés et le prend naturellement dans ses bras comme un enfant.

Et à cet instant, plus rien d'autre ne compte pour elle que son homme !

3

Deux semaines se sont écoulées depuis l'accident tragique. Deux semaines dans un tourbillon qui n'a laissé à Stéphanie aucun répit. Elle a tout vécu en accéléré durant cette période, ce qui lui a évité d'avoir à réfléchir. Sa sœur Virginie était là pour l'épauler. Elle lui a permis de tenir le coup. Grâce à elle, Thomas et Louis ont pu compter sur leur mère pendant que leur tante s'occupait des démarches liées au décès et à l'incinération.

Le corps de Julien, très abimé, n'a pas été exposé dans un funérarium. Trop choquée, Stéphanie n'a pas tenu à le voir pour conserver le souvenir de l'homme qu'elle avait aimé. C'est Virginie qui a procédé à l'identification et c'est elle aussi qui a assisté seule à la mise en bière.

L'adolescence est généralement une époque d'hypersensibilité. Thomas et Louis n'ont pas échappé à la règle. Après des premiers jours difficiles où ils ont laissé libre cours à leur désespoir, ils ont émergé progressivement de leur tristesse avec une énergie nouvelle. Stéphanie les a alors devinés prêts à accepter la mort de leur père. Elle en a été soulagée, tant elle craignait qu'ils intériorisent leurs sentiments et ne sombrent dans la mélancolie.

Depuis toujours, les deux frères sont proches. Un peu plus de deux ans les séparent et ce faible écart d'âge a accentué leur complicité. Ils adoraient leur papa et c'était réciproque. Souvent, elle se surprenait à envier leurs conversations passionnées de mâles sur des sujets dont elle se sentait exclue.

Quand Stéphanie était tombée enceinte de Louis, son cadet, elle avait été désemparée. Elle avait alors pensé que c'était trop tôt pour un second enfant non désiré. Elle avait d'abord songé aux sacrifices qu'elle devrait consentir. À la carrière professionnelle qu'elle aurait à nouveau à mettre entre parenthèses, alors même que la société où elle exerçait ses talents de graphiste commençait à apprécier son savoir-faire et envisageait de lui proposer un poste d'encadrement. Et puis rapidement, elle s'était surprise à apprécier une grossesse qui se déroulait sans problème. Très vite, elle avait accepté son état et Thomas, dix-huit mois à l'époque, l'y avait aidé. Quand il avait compris qu'il allait avoir un petit frère, il avait manifesté sa joie et son enthousiasme communicatif avait fini par la convaincre. C'était ensuite devenu une évidence : la possibilité d'agrandir aussi rapidement la famille devait être perçue comme une chance et non comme une contrainte !

Seule dans sa cuisine, Stéphanie se morfond. Elle n'a pas encore repris le travail et ses deux ados sont partis au lycée. Elle se rend compte qu'elle n'a pas vu grandir sa progéniture et le regrette. Elle pense à la famille aimante qu'ils ont réussi à bâtir. Car elle ne peut le nier ; Julien a été un père formidable et Dieu sait si elle l'a aimé ! Il s'est beaucoup investi dans l'éducation des enfants, et à deux, ils ont formé un couple solide. Mais ça, c'était avant qu'elle ne commence à avoir des soupçons…

Elle se souvient des derniers mois quand la confiance qu'elle portait en son mari a commencé à être ébranlée. Les appels que Julien recevait le soir dans son bureau, la porte fermée pour ne pas qu'elle entende. Ses absences durant certains week-ends, soi-disant pour se rendre à sa société. Une urgence à ce qu'il disait. Ses silences quand elle s'intéressait de trop près à son quotidien ou ses réactions agacées quand elle lui posait des questions trop précises.

Pourtant, malgré tous les griefs accumulés contre lui, elle ne peut s'empêcher de constater à quel point il lui manque, et combien elle aimerait encore l'avoir à ses côtés pour la conseiller.

Elle réalise alors qu'elle ne pourra pas différer plus longtemps le tri des affaires de Julien. Une étape indispensable pour l'aider à faire son deuil. Dès lors, pourquoi le simple fait de fouiller dans ses papiers et d'ouvrir des tiroirs la remplit-elle autant d'appréhension ? Aurait-elle peur de ce qu'elle risque de découvrir ? Elle en est pourtant consciente, elle ne peut continuer à remettre cette épreuve. Elle doit s'atteler à cette tâche. Maintenant. Et puis, peut-être finalement s'imagine-t-elle des tas de choses pour rien ?

Remplie d'une énergie nouvelle, elle repousse la chaise et se lève. De toute manière, la cuisine la démoralise. Tous ces ustensiles accrochés au mur la dépriment. Elle n'a plus envie de préparer le moindre repas depuis la mort de son mari, et cela fait des jours qu'elle n'alimente plus sa famille que grâce à des plats tout préparés piochés dans le congélateur. Une hérésie pour elle, qui habituellement est complimentée pour ses talents de cordon-bleu. Eh bien, c'est décidé ; elle va débuter son rangement par le sanctuaire de son époux, l'endroit qu'il utilise pour travailler à la maison et s'isoler. Celui qu'elle a coutume d'appeler « le bureau ». S'il lui cache quelque chose, c'est là qu'il faut qu'elle cherche !

En pénétrant dans la pièce, elle est surprise par le désordre qui y règne. Le volet est baissé. Elle ne se souvient d'ailleurs pas l'avoir déjà vu levé. Elle appuie sur l'interrupteur. Une lumière de faible intensité en provenance d'un plafonnier lui permet de se repérer. Ce n'est pas un endroit où elle a l'habitude de s'attarder.

Dès qu'elle entre, une odeur de poussière se met à lui chatouiller le nez. Elle n'en est pas étonnée. Julien a toujours eu une conception particulière de l'entretien. Il refusait qu'elle s'occupe de ce lieu. Un vieux canapé, à lui seul, semble concentrer une bonne partie du problème. Elle préfère éviter de s'y assoir, sauf à réunir les conditions pour une salve d'éternuements.

Sur la table de travail de son mari trônent trois ordinateurs au milieu d'un déluge de listings, notes et courriers divers. « Pourquoi en utilise-t-il trois ? » se demande-t-elle. Si ce n'était que deux, un professionnel et un personnel, elle comprendrait, mais trois ? Ne trouvant pas de réponse à son interrogation muette, elle poursuit l'examen du bureau.

Sur les murs et les étagères sont exposés des figurines, des dessins et des copies de planches de BD à la gloire de Tintin. Une passion chez Julien qui a toujours eu le mérite de faciliter les idées de cadeaux. Mais à cet instant, sauf à transformer les lieux en un mausolée, elle songe à s'en débarrasser. Sinon, quelles raisons aurait-elle de les conserver ? Ses garçons ne sont pas des inconditionnels de Hergé, et comme les mangas ont davantage leurs faveurs…

En parcourant des yeux l'antre de son compagnon, son regard finit par se poser sur un caisson pour lequel elle n'avait jamais manifesté d'intérêt jusqu'à présent. Lorsqu'elle tente d'inspecter les tiroirs, elle constate qu'ils sont fermés à clé, un détail qui ne manque pas de l'intriguer.

« Si Julien dissimule un secret, j'en trouverai peut-être des traces à l'intérieur ! », s'imagine-t-elle, tout en réfléchissant à un moyen de les ouvrir.

Quelques minutes plus tard, munie d'un couteau, elle s'attaque à l'unique serrure. Sans trop de difficultés, elle parvient à la forcer, et avec une certaine anxiété, examine le contenu du premier tiroir. De la paperasse sommairement classée qui semble concerner son couple. Elle n'a pas à fouiller longtemps pour dénicher autre chose qui retient cette fois davantage son attention. Dans le second compartiment, tout au-dessus, un prénom porté sur l'étiquette d'une chemise.

Un prénom que Julien a pris soin de noter d'une écriture appliquée et qu'elle pourrait difficilement ne pas reconnaitre, dans la mesure où il s'agit du sien !

*

- Je dois aller la voir !

- Je ne pense pas que cela soit une bonne idée. Tu commences tout juste à te remettrc de l'accident et je ne crois pas que tu sois psychologiquement suffisamment solide pour ça.

- Mais, tu ne veux donc pas comprendre ! J'ai tué son mari ! C'est quand même la moindre des choses que je la voie pour, au moins, m'expliquer avec elle. Lui dire que je regrette, que si je pouvais revenir en arrière, je le ferais sans hésiter…

Laurence essaie en vain de raisonner Olivier, mais ce dernier ne veut rien entendre. Il tient à se rendre chez la compagne de l'automobiliste décédé. Et rien ne parviendra à le faire changer d'avis !

Elle est désormais à bout de nerfs, d'autant qu'elle doute de la capacité de son homme à tenir un volant, même d'une voiture. Le traumatisme est toujours présent. Que se passerait-il s'il était amené à freiner brutalement ? Est-ce qu'il aurait la bonne attitude ou marquerait-il un temps d'hésitation, au risque de mettre sa vie en danger ? En plus, elle n'approuve pas son comportement, car elle sent bien que son compagnon recherche avant tout le pardon de celle qu'il s'est mis en tête de rencontrer !

Tout va trop loin. Olivier a besoin d'être aidé par un psychologue. Elle ne s'en sort plus toute seule. De toute façon, il lui parait évident que l'initiative sera mal perçue par la veuve. Elle lui reprochera de remuer le couteau dans la plaie ! Et puis, Laurence n'ose se l'avouer, mais l'absence de Thibault, son amant, a provoqué chez elle un état de manque. Elle se surprend à étouffer auprès d'un homme qui ne la touche plus depuis son accident. Il lui arrive de rêver la nuit de son amant pendant que son époux dort d'un sommeil agité. Il y a maintenant deux semaines qu'elle ne l'a pas vu et elle devient folle à rester confinée auprès d'une personne qui ne cesse de lui répéter la même chose. Déjà que son employeur admet difficilement l'arrêt de travail qu'elle s'est fait prescrire pour que son mari ne reste pas à broyer du noir tout seul à la maison !

Perdue dans ses pensées, elle ne s'aperçoit pas qu'Olivier enfile son blouson et se dirige vers la porte d'entrée. Les clés de la Clio à la main, il est résolu à aller jusqu'au bout de son projet insensé, avec ou sans elle.

Quand elle sort de sa rêverie, il est déjà sorti. Elle se précipite pour le retenir et le décourager de commettre cette folie. Mais il est trop tard, il a franchi les quelques mètres qui le séparaient de la voiture. Alors pour une fois, elle baisse les bras et le laisse partir. Répondant même au petit signe qu'il lui envoie avant de démarrer.

Malgré tout l'amour qu'elle éprouve pour lui, Laurence ne s'est pas mariée pour lui servir de baby-sitter. Elle a besoin de souffler, aussi elle profitera de son absence pour essayer de contacter Thibault. Elle réalise alors en soupirant que jamais le triangle amoureux, dans lequel le hasard des sentiments l'a placée, n'a été aussi difficile à assumer !

Tout juste après la collision, le week-end qu'ils s'étaient octroyé sur la côte d'Opale avait été un fiasco, alors qu'elle s'en faisait une joie. Olivier n'avait cessé de se remémorer les circonstances de l'accident. Il ne lui avait adressé la parole que pour se lamenter. Au début compréhensive, elle avait fini par détester le ton plaintif qu'il utilisait pour s'adresser à elle. Les dessous coquins qu'elle avait pris soin d'emporter dans sa valise pour égayer le séjour étaient restés sagement à leur place. Les balades sur la plage avaient été mornes et totalement dénuées de passion.

Elle doit maintenant l'admettre ; son mari n'est plus que l'ombre de lui-même. Elle n'est pas armée pour l'aider seule à sortir de la dépression dans laquelle il est en train de s'enliser. Au bout de quinze jours, son impuissance lui saute désormais aux yeux. Elle a sous-estimé les difficultés devant un traumatisme de cette ampleur. Elle doit rechercher au plus vite une solution, sous peine de s'en détacher progressivement, ce qu'elle ne souhaite pas. Car elle sent au plus profond d'elle-même qu'elle ne veut pas le perdre. Ils viennent de fêter leurs vingt-cinq ans de mariage ; l'épreuve qu'ils traversent doit servir à renforcer leur couple. Mais dans le même temps, elle n'envisage pas de renoncer à Thibault, tant Laurence est persuadée que c'est entre les deux hommes qu'elle conservera son équilibre.

Dans la confusion mentale qui est la sienne, elle finit par entrevoir un moyen de sortir du piège dans lequel elle est en train de s'enfermer et elle se demande alors pourquoi elle n'y a pas songé plus tôt !

4

- Une chance que tu aies pu rentrer déjeuner à la maison ! Cela n'arrive pas si souvent.

- J'avais envie de me changer les idées et de vous voir tous les deux.

- Tu es sûr que c'est vraiment pour moi que tu es là ? Ce ne serait pas plutôt pour embrasser ton fils et avoir le plaisir de lui donner son biberon ?

Depuis deux mois que Léo est né, Michel en est gaga. Au grand soulagement de Sidonie, sa compagne, il s'implique beaucoup. Changer une couche, donner un bain ou préparer un biberon n'ont plus de secrets pour lui.

Ancien policier, le jeune papa est depuis près d'un an responsable de la sécurité dans une société qui crée des logiciels de jeux sous licence. Un secteur sensible où la concurrence est exacerbée. Des fuites chez un autre concepteur et ce sont des heures de travail acharné qui peuvent être remises en cause.

Sidonie le regarde amoureusement. Depuis qu'il a changé de métier, il n'est plus le même homme. Plus posé, moins stressé. De plus, à de rares exceptions près, elle le voit le week-end, ce qui n'a pas de prix. Ils parviennent désormais à prévoir des sorties et à planifier des vacances, ce qui n'était pas souvent le cas lorsqu'il était encore un représentant de l'ordre soumis à des astreintes régulières et à de fréquents changements d'emploi du temps.

De son côté, elle est sur le point de reprendre son travail de commerciale dans un cabinet d'assurances de Roubaix. Alors oui, l'implication de celui qui partage sa vie depuis presque deux ans la rassure.

- Au fait, comment ça se passe avec ton amie Stéphanie ? Tu l'as revue depuis l'enterrement ? Quand je pense que c'était en partie grâce à Julien que j'avais pu obtenir mon poste. Sa recommandation m'avait bien servi à l'époque !

- Difficile de te répondre ! Je n'ai pas eu l'occasion de la voir depuis, mais je lui ai encore parlé hier au téléphone et ça avait l'air d'aller mieux. Avant la fin de mon congé maternité, il faut vraiment que je parvienne à manger au moins une fois avec elle. À ce qu'elle m'a dit, elle s'apprêtait à trier les affaires de Julien pour s'occuper l'esprit. Si elle a réellement commencé à le faire, c'est une bonne chose. Au moins quand ses deux enfants sont au lycée, elle ne se morfond pas affalée sur son canapé, un verre à la main ! Mais tu m'y fais penser, tu ne pourrais pas t'occuper de Léo samedi midi ? Cela me permettrait de me faire un petit resto avec Stéphanie si elle est dispo. Je t'en prie, dis-moi oui !

- Tu sais bien que je ne peux rien te refuser, et - attends que je vérifie dans mon agenda - ça tombe bien, je n'ai rien de prévu ce jour-là !

- Merci, mon amour ! Avec ton emploi du temps de ministre, je craignais que tu n'aies un repas d'affaires !

29

- C'est ça, fous-toi de moi pendant que tu y es. Tu as de la chance que j'aie le bébé dans les bras !

Après avoir bu la quasi-totalité de son biberon, Léo s'est endormi sur l'épaule de son papa. Michel le pose délicatement dans son berceau et observe Sidonie d'un regard complice. La jeune femme a compris. Elle reçoit avec un sourire le message rempli de promesses et entraine son compagnon vers la chambre. Leur repas pourra attendre.

*

Fébrile, Stéphanie ouvre le dossier. Une petite dizaine de feuilles manuscrites sont contenues dedans. Elle identifie immédiatement l'écriture appliquée de Julien. La première feuille est datée. Un mois s'est écoulé depuis sa rédaction. Avec anxiété, elle débute la lecture de ce qu'elle interprète déjà comme une confession :

« Mon amour, si je t'écris ces quelques mots, c'est avant tout parce que je me sens incapable de t'avouer autrement mes faiblesses. J'ai trahi ta confiance et je me le reproche tous les jours, mais j'en suis arrivé à un stade où il m'est devenu impossible de reculer.

Tu dois déjà réfléchir aux bêtises que j'ai pu commettre pour redouter à juste titre ta colère. Et je t'en prie, quand tu auras terminé de lire ces quelques pages, ne me rejette pas avant que nous n'ayons pu en discuter de vive voix. Tu connais ma maladresse à extérioriser mes sentiments et tu dois déjà t'impatienter en parcourant ces lignes, en imaginant le pire. Mais d'abord, avant d'aller plus loin, sache que je t'aime chaque jour davantage ; plus qu'hier et moins que demain. Je sais que ça fait un peu cliché, mais je n'ai pas trouvé mieux pour t'exprimer le bonheur que tu me procures à vivre à tes côtés. »

Stéphanie tombe des nues en lisant les premiers mots. Jamais Julien n'a exprimé son amour de cette façon. Elle se demande même si, depuis qu'ils sont ensemble, son compagnon ne lui a, ne serait-ce qu'une seule fois, lâché un « Je t'aime ». Faut-il qu'il ait quelque chose de sérieux à se reprocher pour commencer une lettre de cette façon ? Les mains moites et le cœur battant la chamade, elle poursuit la lecture. Elle devine dès à présent que ce qui va suivre ne lui plaira pas et que cela affectera profondément autant sa vie que celle de ses garçons :

« Je pense que tu redoutes d'apprendre que j'ai une maitresse ; il n'en est rien. J'ai effectivement une double vie, cependant pas au sens où tu l'entends. Disons que je ne suis pas l'homme intègre que tu crois avoir épousé.

Tu as déjà remarqué la passion qui est la mienne pour tout ce qui tourne autour de Tintin. Tu m'as offert des figurines magnifiques basées sur des dessins tirés de ses aventures. Mais tu n'as sans doute jamais accordé une attention particulière aux cadres fixés sur les murs du bureau contenant des planches de la série et des croquis. T'es-tu même déjà interrogée sur leur valeur ? Sais-tu par exemple que la planche immédiatement sur ta gauche quand tu entres vaut plus de deux cent cinquante mille euros et que le petit croquis, juste en dessous, en vaut trente mille ? Je ne t'en avais jamais parlé avant, mais tout ce qui

31

est encadré dans la pièce correspond à des exemplaires originaux très rares. Tu comprends maintenant pourquoi je tenais à faire le ménage moi-même ? Selon mes dernières estimations, l'ensemble de ma collection se chiffrerait à près d'un million d'euros... »

Ainsi ce qu'elle prenait pour de vulgaires copies était en fait des originaux ! Elle n'ignorait pas que l'univers de Hergé était très prisé par les collectionneurs, mais ne s'attendait pas à ce que de simples dessins puissent atteindre des prix aussi élevés !

Où son mari a-t-il pu trouver l'argent pour acquérir des objets de cette valeur ? Il n'en a pas prélevé, ne serait-ce qu'une partie, sur le compte joint, elle s'en serait aperçue. Alors comment ? Elle sait bien qu'ils gagnent tous les deux correctement leur vie et n'ont pas de soucis de fin de mois, mais un million d'euros, ce n'est pas rien ! C'est une somme tellement éloignée de leurs possibilités financières ! Enfin, de ce qu'elle pensait en connaitre. Déjà qu'ils n'ont pas encore terminé de payer la maison et qu'ils ont dû recourir à un emprunt pour remplacer une des voitures. Et soudain, elle croit comprendre ! Son visage se fige. Ses traits se durcissent. Se pourrait-il qu'il y ait un rapport avec la profession de Julien ? Et avant même de lire la suite, elle présage ce qu'elle va découvrir.

Et dire qu'elle songeait à se débarrasser sur Leboncoin du contenu de ces cadres qu'elle considérait sans valeur. Elle en aurait fait des heureux au prix où elle s'apprêtait à les céder !

Elle est sur le point de se replonger dans les écrits de son mari, quand un bruit de sonnette la coupe dans son élan. Encore secouée par la façon dont elle a appris la mort tragique de son époux, elle songe immédiatement à quelque chose de terrible survenu à l'un de ses enfants ! Anticipant le pire, elle se dirige d'un pas rapide vers la porte d'entrée et l'ouvre d'un mouvement vif. Un livreur avec une casquette à large visière attend, un colis à la main.

- Madame Vautier ?

- Oui, c'est moi !

- J'ai un paquet à remettre en main propre à Julien Vautier. Est-ce que vous pouvez l'avertir ?

- Euh, il n'est pas là pour le moment. Mais vous pouvez me le confier si vous voulez ? Je lui donnerai quand il rentrera.

- Bon d'accord, ça ira ! Pouvez-vous signer là, s'il vous plait ?

En refermant la porte, Stéphanie est soulagée, mais réalise aussi l'état de stress dans lequel elle se trouve encore deux semaines après l'accident. Et puis, qu'est-ce qui lui a pris de ne pas avouer la mort de Julien au livreur ? Ne manquerait plus qu'elle entame une phase de déni ! Consciente de ses errements, elle se rassure alors comme elle peut :

« Bon, d'abord ce n'était qu'un colis ! Il faut vraiment que je me calme. Si j'en arrive à sursauter pour un simple coursier, je vais finir par avoir une crise cardiaque ! Ensuite, c'est humain ; j'ai été surprise, je ne m'y attendais pas. J'ai dit la première chose qui me venait à l'esprit. Je ne suis quand même pas folle, je sais bien que Julien est mort ! »

Maintenant qu'elle a le paquet en main, sa curiosité féminine reprend le dessus et elle s'interroge sur son contenu. L'expéditeur ne lui dit rien : le nom d'une entreprise suivi du numéro d'une boite postale située à Paris. Le poids de l'envoi ne manque pas aussi de la surprendre. Négligeable, au regard de sa dimension comparable à celle d'un carton à chaussure. Avec une certaine impatience, elle déchire l'emballage en s'interrogeant sur ce qu'il peut renfermer d'aussi léger.

Dans une première boite, remplie de billes en polystyrène, se trouve un petit écrin de couleur rouge vif semblable à ceux utilisés par les bijoutiers. Se pourrait-il que ce soit un cadeau que son homme comptait lui offrir pour se faire pardonner ? Il ne devait vraiment pas avoir la conscience tranquille pour en arriver à une telle extrémité ! Quand elle pense qu'un bouquet de roses était déjà un exploit pour lui !

Elle tombe de haut en découvrant à l'intérieur l'objet insolite posé sur un coussin en velours. Elle devient blême et ne peut alors qu'en arriver à la conclusion qui s'impose : « Julien s'était réellement mis dans de sales draps ! »

5

- Alors, tu as pu lui donner ?

- Pas à lui directement, à sa femme ! C'est elle qui m'a ouvert. Il n'était pas chez lui. Tu ne voulais quand même pas que j'attende sagement qu'il rentre pour lui remettre notre petit cadeau ? Et tout ce que je peux te dire, c'est que cette brave dame n'y a vu que du feu ! Elle m'a pris pour un livreur et ne s'est pas posé de questions. Elle m'a même laissé un autographe sur un carnet que j'avais pris soin d'emporter avec moi pour faire plus vrai. J'ai bien prêté attention à dissimuler mon visage en gardant la tête baissée. En plus, tu peux me croire, avec ma casquette, elle serait incapable de m'identifier si elle me croisait dans la rue !

- Bon, on n'a plus maintenant qu'à rentrer chez nous et à patienter, mais je crois qu'on peut considérer dès à présent que notre part du contrat a été remplie !

David et Alexandra, surnommée Alex, n'avaient pas attendu très longtemps avant de mettre leur projet à exécution. Dans le cas présent, leur employeur était pressé et leur avait demandé d'intervenir rapidement. Ils n'avaient pas hésité. En général, la balle 9 mm qu'ils livraient dans un coffret suffisait à ramener à la raison les plus récalcitrants. Depuis leur début dans le métier, le couple n'avait jamais eu à assurer ce qu'ils appelaient avec humour un « service après-vente ». C'est ce qui faisait leur renommée dans la région, voire au-delà. Nombreux étaient ceux qui avaient recours à leurs services dès qu'il s'agissait de convaincre un indécis.

Cela faisait presque sept ans que les « Bonnie and Clyde » des Hauts-de-France, comme ils aimaient s'appeler, étaient en activité et depuis, ils n'avaient pas eu à se plaindre. Leur petite affaire fonctionnait plutôt bien. Ils étaient contactés quand les procédures classiques avaient été épuisées : recouvrement de dettes, incitation de propriétaires réticents à se séparer d'un bien convoité, pression pour l'abandon d'une plainte… Le travail ne manquait pas et leur imagination pour parvenir à leurs fins était sans limites.

Dans le cas présent, ils avaient utilisé la méthode douce. Après tout, la cible était un informaticien qui n'était pas considéré comme un client à risque. Ils ne savaient pas ce qui était reproché à Julien Vautier et s'en moquaient. La seule instruction qui leur avait été laissée, c'était d'être persuasif. Leur commanditaire était demeuré évasif, tout au plus leur avait-il lâché qu'il désirait que l'intéressé remplisse sa part du contrat. Quel contrat ? Ils n'en avaient aucune idée. Ils ne doutaient cependant pas que le destinataire du colis, lui, le savait !

Alex vient à peine de démarrer leur voiture, une berline discrète mais puissante - selon elle, deux qualités indispensables à un véhicule pour gérer les situations imprévues -, quand un homme fait son apparition devant le domicile quitté quelques minutes plus tôt par David.

- Ah, je crois que finalement, il ne faudra pas très longtemps pour que notre client découvre le petit cadeau que nous avons laissé à son intention !

- Oui, et désormais nous n'avons plus qu'à attendre des nouvelles de notre employeur pour savoir si notre présent a eu l'effet escompté !

*

Avant d'avertir de sa présence, Olivier a pris le temps de jeter un coup d'œil sur l'habitation des époux Vautier. Un corps de ferme rénové avec une cour intérieure pavée. Une voiture est garée devant la porte d'entrée. Sans luxe ostentatoire, le bâtiment laisse supposer un niveau de vie plutôt confortable.

À la troisième sonnerie, il en est à se demander si la maison est vide. Après tout, un véhicule dans la cour n'implique pas forcément une présence. Il en est à prendre la décision de repartir chez lui quand un bruit se fait entendre derrière la porte. Un cri suivi de pleurs. Même si le routier a le moral en berne, il ne peut demeurer insensible à la tristesse qu'il devine derrière les murs. Quelqu'un a besoin d'aide. C'est une évidence.

Une pression sur la clinche. La serrure n'est pas fermée. Il se risque à entrer. Il ne lui faut pas longtemps pour découvrir celle qu'il est venu rencontrer. Recroquevillée contre un mur de l'entrée, elle est secouée par des sanglots. Elle tient un écrin avec à l'intérieur une sorte de petit cylindre. C'est en s'agenouillant pour lui prendre la main et l'aider à se relever qu'il comprend la nature exacte de l'objet. Un objet qu'il n'était pas parvenu à identifier au premier regard : une balle de pistolet !

Il connait peu les armes à feu, mais l'emballage à côté d'elle ne laisse que peu de place au doute : une personne mal attentionnée lui a adressé ce paquet dans le but de l'effrayer ! Et visiblement, elle a atteint son objectif Olivier est un temps désemparé par la scène à laquelle il assiste. Quelques secondes s'écoulent. La propriétaire des lieux a fini par prendre conscience de sa présence. La jeune femme le regarde attentivement et d'une voix pleine de colère, en dépit de sa détresse, rompt le silence :

- Alors comme ça, ça ne vous suffit pas. Vous ne vous contentez pas de menacer ma famille, en plus vous venez sur place vérifier que votre petit cadeau a eu l'effet escompté !

- Euh, vous vous trompez. Je n'ai rien à voir avec tout ça !

- Alors qui êtes-vous ? Je viens de perdre mon époux, et sincèrement, je n'ai pas envie d'acheter une quelconque babiole ou d'adhérer à une secte !

- Non, non, rien de tout ça ! Je veux simplement savoir comment vous allez. C'est moi qui suis à l'origine de l'accident qui a couté la vie à votre mari et je, je…

- Quoi, vous voulez vous excuser ! Vous avez besoin de parler à quelqu'un et vous vous êtes dit, pourquoi pas à elle ? Vous ne voyez donc pas que je suis à bout ? Je viens d'apprendre que mon homme n'était pas celui qu'il prétendait être, et en plus, comme si ça ne suffisait pas, quelqu'un m'envoie une balle de pistolet qu'il prend soin d'emballer comme un bijou !

- Euh, désolé ! Je ne voulais pas vous blesser !

Stéphanie ne tenait pas spécialement à s'emporter contre un individu qu'elle voyait pour la première fois. Il s'était simplement trouvé devant elle, au moment où elle avait besoin d'un exutoire et il lui avait permis d'expulser toute l'énergie négative accumulée depuis le début de la matinée.

Désormais calmée, elle prend le temps de l'observer. Il n'a pas l'air d'aller beaucoup mieux qu'elle. Les traits tirés et les cheveux en bataille, il ressemble à quelqu'un qui souffre d'insomnie. Pourtant, c'est incontestablement un bel homme. Ses muscles saillants sous son tee-shirt démontrent qu'il entretient son corps. C'est une personne qui a du charme mais qui ne semble pas en avoir conscience.

À cette pensée elle culpabilise, comme si après la mort d'un proche, il y avait une durée incompressible à respecter avant d'éprouver à nouveau du désir. Désireuse de briser le silence qui s'est installé entre eux, elle reprend le fil de la conversation :

- Comment vous appelez-vous ?

- Euh, Olivier Renard !

- Bon, Olivier Renard, je vais vous mettre à l'aise ; l'enquête a démontré que mon époux roulait beaucoup trop vite compte tenu des conditions météo. Vous avez dû freiner de toute urgence. Mon mari a réagi trop tard. C'est tout ce qu'il y a à dire. Je ne vous en veux pas. C'est le destin !

- Je ne m'attendais pas à autant d'indulgence de votre part. Vous savez, avant je n'avais jamais eu d'accident !

Mais Stéphanie ne l'écoute déjà plus. Elle fixe intensément la balle en espérant que la seule force de son regard l'aidera à comprendre ce qui lui arrive. En le remarquant, Olivier ne peut s'empêcher de lui demander :

- Vous l'avez touchée ?

- Touché quoi ?

- La balle ! Avec un peu de chance, il y aura des empreintes dessus !

- Vous avez raison ! Non, je ne l'ai pas touchée. Mais je dois vous avouer que ce n'était pas à moi qu'elle était destinée, c'était à mon époux.

- Peu importe, il faut manipuler le moins possible le paquet et ce qu'il contient et appeler la gendarmerie. Ils sauront l'analyser pour tenter d'identifier la personne qui l'a expédié ! Vous connaissez quelqu'un qui pourrait en vouloir à votre mari ?

- J'en ai une vague idée, mais je ne suis encore sûre de rien !

- Il n'y avait pas un mot d'explication qui l'accompagnait ?

- J'ai à peine regardé, pour tout vous dire ! Attendez, il me semble apercevoir une carte en dessous des billes de polystyrène.

- Surtout, enfilez des gants avant de la récupérer !

Mais Stéphanie ne l'entend déjà plus. Elle a extirpé de la boite une fiche bristol sur laquelle est inscrite, dans un style lapidaire, une unique phrase dactylographiée en lettres capitales :

PREMIER AVERTISSEMENT, SINON…

En découvrant les quelques mots, le souffle lui manque et son cœur s'emballe. Elle sait déjà qu'elle ne réussira pas à s'en sortir seule. Manifestement, ceux qui en veulent à Julien ignorent tout de sa mort. Leur détermination est totale et il y a fort à parier qu'ils n'en resteront pas là…

6

Laurence a une idée pour aider Olivier à reprendre pied. Elle aimerait lui en parler, mais il est parti sans son téléphone et elle ignore quand il rentrera.

Seule dans sa cuisine, elle observe l'horloge murale au-dessus de l'évier. Déjà près de trois heures qu'il a quitté le domicile. Elle sait où habite la femme qu'il est parti voir. Ce n'est qu'à une trentaine de kilomètres. Une heure pour y aller et en revenir. Il ne devrait pas tarder. Deux heures sur place, cela commence à faire beaucoup.

Elle se surprend à ressentir une pointe de jalousie. Une réaction paradoxale dans sa situation. Elle lit une nouvelle fois le faire-part de décès que son mari a pris soin de découper dans le journal local. Elle aurait dû se douter qu'il avait une idée derrière la tête, sinon pourquoi l'aurait-il conservé religieusement ? Elle note à tout hasard les coordonnées du domicile indiquées sur le document.

Est-elle jolie ? Elle s'interroge. Elle imagine déjà son homme au grand cœur prendre dans ses bras la veuve éplorée pour la consoler. Cela serait tout lui, ça ! Incroyable qu'elle en soit déjà à la considérer comme une rivale ! Pourtant, elle en a été réduite à manger seule ce midi. C'est une réalité tangible et elle n'envisage pas une seule seconde son mari sauter un repas. Même déprimé, il aime trop la nourriture pour oublier de s'alimenter.

42

Et voilà, elle en arrive toujours à la même conclusion. Celle qu'elle surnomme déjà sa rivale l'a invité à déjeuner chez elle. Une démarche qui n'est de coutume réservée qu'aux intimes. Et elle qui comme une conne est en train d'essayer de trouver une solution pour le sortir du trou, alors qu'au même moment il se paye du bon temps avec la veuve joyeuse !

Le ver est maintenant dans le fruit et Laurence découvre un aspect de sa personnalité dont elle avait sous-estimé l'ampleur : la jalousie !

La compagne d'Olivier est désabusée. Elle avait songé pour lui à une maison de repos. Elle s'était renseignée et en avait trouvé une qui acceptait de l'accueillir quinze jours, dès la semaine prochaine. Elle n'y voyait que des avantages. Elle aurait pu reprendre le travail l'esprit tranquille, des professionnels prenant en charge son mari. Et lui se serait changé les idées en pratiquant des activités physiques tous les jours.

Elle en est toujours persuadée ; c'est la meilleure solution pour qu'il arrête de ressasser sans arrêt le passé. Bon, elle ne niera pas, cette solution l'a séduite aussi pour d'autres raisons, comme celle de pouvoir de nouveau profiter d'une partie de son temps libre avec son amant. Et il est vrai que, sevrée de sexe depuis trop longtemps, elle anticipe déjà des retrouvailles torrides. Et puis merde, elle avait une vie équilibrée jusqu'à ce maudit accident ! Olivier ne peut quand même pas tout gâcher parce qu'il n'arrive pas à tourner la page !

Elle se fait peut-être des idées, mais l'absence prolongée de son mari n'est pas bon signe. Elle pressent déjà que les projets qu'elle a en tête risquent de tomber à l'eau s'il prend l'envie à Olivier d'entreprendre une thérapie avec cette bonne femme. Le pire étant qu'ils finissent par se rapprocher, à force de se raconter leurs malheurs réciproques ?

Et cela, elle ne peut l'accepter sans réagir !

*

Thibault s'ennuie. Il ne sait pas comment occuper l'après-midi de libre qu'il consacre habituellement à sa maitresse. Plus de deux semaines qu'ils ne se sont pas vus et il ressent son absence comme une plaie béante en travers de la poitrine.

Elle l'a appelé quelques heures auparavant pour le rassurer. Elle aurait trouvé une solution afin qu'ils puissent de nouveau se voir. Heureusement, dans la mesure où il n'en peut plus. Quinze jours sans la voir ressemblent à une éternité. Il se languit d'elle et rêve de sentir de nouveau la chaleur de son corps contre le sien. Une simple pensée qui suffit à déclencher un début d'érection. Bon sang, ce qu'elle peut lui manquer…

Certes, il comprend. Elle ne peut pas se libérer parce que son mari a provoqué la mort d'une personne dans un accident de la route. Il n'est quand même pas insensible. Il est conscient qu'être impliqué dans un tel fait divers est une véritable épreuve et que le traumatisme qui en résulte demande quelques jours pour être surmonté.

Auparavant, il avait toujours accepté de passer derrière Olivier, et jusqu'alors il s'en était accommodé. Cela faisait partie des règles tacites qu'il avait définies avec Laurence. Cinq ans plus tôt, elle lui avait déclaré, dès le début de leur relation, qu'elle ne quitterait pas son époux, et dans un sens, cela l'avait arrangé tant il appréciait la liberté que lui conférait son célibat. Ils parvenaient à se retrouver plusieurs fois dans la semaine et cela lui suffisait. Il aimait ces intermèdes hors du temps, passés essentiellement au lit, où ils ne s'arrêtaient de faire l'amour que pour manger.

Laurence avait cloisonné sa vie entre les deux hommes, et jusque-là, Thibault l'avait plutôt bien accepté. Même pendant les vacances, ils réussissaient à se retrouver. Durant cette période, il s'arrangeait simplement pour cadrer ses vacances avec les siennes et séjourner à proximité de son amante. Il y a encore peu, cela lui convenait.

Mais maintenant, il redoute que sa maitresse ne puisse plus lui accorder autant de temps que par le passé. Il est réaliste ; Laurence ne peut pas placer quelqu'un dans une maison de repos de sa propre initiative. Son mari aura son mot à dire. Et d'après ce qu'elle lui a révélé du caractère de ce dernier, c'est loin d'être gagné.

Et puis, il ne peut plus se satisfaire de ces échanges épisodiques par téléphone interposé dès qu'Olivier a le dos tourné. Trop frustrant. Il veut la voir, respirer son odeur, la toucher. Leur éloignement lui est devenu insupportable.

Eh bien tant pis ! Il va se risquer à aller chez elle et il improvisera. Elle sera surprise et il ira à l'encontre d'une règle qu'ils s'étaient fixée, mais peu importe ! Il trouvera un artifice pour l'approcher et son routier de mari n'y verra que du feu !

*

Sidonie est inquiète. Stéphanie vient de la contacter. Elle désire la voir au plus vite. De quoi peut-elle bien désirer lui parler ? Elle lui en a peu dit quand elle l'a appelée. Elle avait l'air affolée et ne tenait pas un discours d'une grande clarté. Elle aurait fait l'objet de menaces, ce qui surprend Sidonie. Se pourrait-il qu'elle subisse le contrecoup de la mort de son époux et affabule ?

En dépit de la différence d'âge de près de quinze ans, elles ont pris l'habitude de se confier leurs secrets les plus intimes, et dernièrement elle n'a pas le souvenir que son amie lui ait parlé de pressions exercées sur sa famille. Avant la mort de son mari, elle avait bien évoqué des difficultés dans son couple - elle était alors persuadée de l'existence d'une maitresse - mais certainement pas de pratiques pouvant déboucher sur un chantage.

Un vague doute s'empare de la jeune femme. Se pourrait-il que cela ait un lien avec le métier de Julien ? Après tout, Michel a déjà insisté sur le facteur de risque important que comporte la création de logiciels de jeux. Elle sait que dans ce secteur l'investissement est colossal. Pour rattraper leur retard sur des concurrents plus inventifs, des concepteurs seraient prêts à tout. Dans ce milieu, l'espionnage industriel demeure toujours une réalité et le nier serait une erreur.

Les deux hommes travaillaient dans la même entreprise. Michel, en tant que responsable de la sécurité, n'aurait rien remarqué ? Bizarre ! Ni Stéphanie ? D'accord, son amie avait ces derniers temps des soupçons, mais à sa connaissance, pas de cette nature. Jamais elle n'avait évoqué devant elle de possibles dérives de son mari dans l'exercice de sa profession.

La voisine n'arrête pas de lui dire qu'elle peut faire appel à elle pour assurer la garde de son enfant si elle en a besoin. Après tout, pourquoi pas ! Elle lui semble être une personne de confiance sur qui on peut compter. Elle mettra un mot sur la table de la cuisine pour prévenir son compagnon.

De toutes les façons, elle n'a pas le choix. Elle ne peut pas laisser son amie dans cet état. Elle doit savoir !

7

Olivier a attendu avec Stéphanie l'arrivée des forces de l'ordre. Durant ce laps de temps, il l'a écoutée et a essayé de la réconforter. Cela lui a fait du bien. Pour la première fois depuis l'accident, il a oublié un instant ses névroses et est parvenu à refouler son sentiment de culpabilité. Elle lui a proposé spontanément de partager son repas, comme elle l'aurait fait à un ami. Il a accepté sans hésiter.

Elle lui a parlé de la confession écrite par son mari. De sa crainte d'apprendre jusqu'où celui-ci s'était fourvoyé pour assouvir sa passion de collectionneur. Elle lui a accordé sa confiance sans retenue et est allée jusqu'à lui montrer les planches originales hors de prix encadrées sur les murs du bureau. Comment peut-on en arriver à dépenser de telles sommes pour de simples dessins ? Cela reste un mystère pour lui !

Les deux gendarmes qui se sont déplacés ne sont pas restés longtemps. Il n'y avait pas grand-chose à voir. Ils ont pris le témoignage de la propriétaire des lieux, lui ont demandé si elle était capable de reconnaitre le coursier. Elle a exclu la possibilité qu'il puisse s'agir d'une femme. Pour le reste, avec la casquette qui lui masquait une bonne partie des traits, elle a émis de sérieux doutes sur sa capacité à l'identifier.

À la question de savoir si elle avait une idée de la personne susceptible de vouloir du mal à son époux, elle a eu un instant d'hésitation. Ses joues ont rosi, mais elle s'est vite reprise et a répondu par la négative. Le représentant de l'ordre qui l'interrogeait n'a pas réagi. Ils ont également confirmé ce qu'elle pressentait déjà : selon toute vraisemblance, l'adresse de l'expéditeur indiquée sur le paquet est fausse. Celle-ci a été écrite sur l'emballage pour qu'elle ne se méfie pas et ça a parfaitement fonctionné.

En partant, ils lui ont demandé de se rendre dès qu'elle le pourrait à la gendarmerie la plus proche. Qu'elle profite de la soirée pour réfléchir à ce qui aurait pu provoquer une tentative d'intimidation aussi violente ! La moindre bribe de souvenir pourrait être déterminante pour l'enquête et aiderait à identifier le livreur, même si elle ne l'a aperçu que quelques secondes. Les deux hommes ont ensuite pris congé et emporté avec eux le colis et ce qu'il contenait.

Après le départ des forces de l'ordre, Olivier sent que le moment est venu de s'éclipser. Les enfants de Stéphanie ne vont pas tarder à rentrer. Il aimerait encore rester à discuter avec elle mais ne veut pas s'imposer.

Elle a appelé une amie devant lui. Il sait donc que quelqu'un prendra le relai pour l'épauler. Elle en a besoin. Il est persuadé qu'elle préférera laisser ses ados en dehors des événements de la journée pour ne pas les perturber.

Il y a maintenant plus de quatre heures qu'il est parti de chez lui. Laurence doit commencer à s'inquiéter. Il a sauté le repas qu'ils auraient normalement dû prendre ensemble et a même oublié de la prévenir. Cela ne lui ressemble pas ! Il craint maintenant sa réaction. Même s'il adore sa femme, la promiscuité avec elle ne lui réussit pas. Il veut pouvoir retrouver une vie sociale et côtoyer d'autres personnes. Cela fait quinze jours qu'il étouffe, se remémorant sans cesse les circonstances de l'accident. La vérité est qu'il a de plus en plus de mal à supporter l'omniprésence de celle qui partage sa vie. Il a l'impression d'être infantilisé, alors qu'il voudrait simplement retrouver une partie de l'assurance qui constituait auparavant sa force, autant dans son couple que dans sa vie professionnelle.

$$*$$

À quelques kilomètres de là, David est suspendu aux lèvres d'Alex qui met fin à une communication :

- Alors ? Qu'est-ce qu'il a dit ?

- Pour le moment, les résultats de ta brillante intervention se font toujours attendre. Notre commanditaire n'a toujours pas eu de nouvelles de son client. Il va encore nous falloir patienter un peu pour clore le dossier !

- Tu penses qu'il va alerter la police ?

- Notre informaticien de génie ? Il y a peu de chance. Il sait trop ce qu'il risque !

Dans leur couple improbable, Alex et David sont complémentaires. Alex est la tête pensante. C'est elle qui négocie les contrats et planifie leur réalisation. D'un calme olympien, quelles que soient les circonstances, elle rassure un David d'un naturel inquiet. Son compagnon est l'exécutant. Autant il doute de tout et vérifie en amont le moindre détail d'une opération, autant dès l'instant où il se retrouve dans le feu de l'action, il récupère la complète maitrise de ses moyens et se révèle d'un grand professionnalisme.

Ils s'étaient rencontrés sept ans plus tôt. Alex venait de terminer brillamment les études d'une grande école de commerce. David désespérait d'intégrer une licence STAPS et voyait, année après année, son rêve de devenir professeur de sport s'éloigner. C'est la jeune femme qui avait la première remarqué ce grand blond costaud qui semblait trainer son ennui comme un boulet.

Travailler dans une entreprise la rebutait. Ce qu'elle voulait, c'était n'avoir de comptes à rendre à personne et diriger sa propre boite. À force de potasser le droit, elle avait mis le doigt sur un travers du capitalisme.

Il n'était pas difficile pour un petit malin de reprendre une société en difficulté pour la dépouiller de ses richesses. Après moins d'un an, il suffisait de mettre l'entreprise en cessation de paiement, en laissant au passage quelques fournisseurs sur le carreau, et de rebondir ensuite en créant une nouvelle structure juridique. Imparable. Pour le peu qu'un opportuniste sache y mettre les formes et se constituer un réseau, avec quelques complicités au sein du tribunal de commerce, il pouvait réitérer le manège plusieurs fois.

Forte de ce principe, elle s'était dit que dans l'armada des fournisseurs floués, il devait bien s'en trouver quelques-uns à l'esprit revanchard, réfractaires aux procédés classiques de recouvrement. Des entrepreneurs prêts à aller jusqu'au bout pour récupérer leur dû. Ce sont eux qui constitueraient son fonds de commerce. Elle en avait eu la révélation lors d'une discussion avec l'un d'entre eux. D'autant qu'elle avait suffisamment l'esprit tordu pour trouver les moyens de pression susceptibles de dénouer des situations de ce type. En toute discrétion !

Alex était cependant lucide et savait que, pour monter son affaire, elle ne s'en sortirait pas seule. Il lui faudrait un partenaire persuasif pour assurer la partie opérationnelle du projet. David s'était imposé à elle naturellement. Dès qu'elle l'avait vu, elle avait su que ce serait lui et personne d'autre. Elle ne l'avait jamais regretté depuis.

Très vite, leur association avait débordé du cadre strictement professionnel. Un couple s'était constitué, un mélange de créativité et de puissance physique, reposant moins sur l'amour que sur la nécessité de discrétion exigée par leur activité. Les confidences sur l'oreiller devenaient un risque trop important pour s'autoriser des partenaires en dehors d'une entreprise où chaque transaction était marquée du sceau du secret.

Pour un David à la dérive qui s'enlisait dans ses études, la rencontre avec Alex avait été une bénédiction. À l'époque, ses parents menaçaient de lui couper les vivres. Elle lui avait redonné confiance et lui avait appris à exister dans un monde où il se sentait exclu. Finis les coups d'un soir et les combines merdiques, avec Alex tout était devenu simple. Elle lui expliquait ce qu'elle attendait de lui. Il exécutait. Ils pratiquaient le sexe sans se poser de questions, avant tout pour satisfaire des besoins physiques. Pas de tendresse entre eux, et encore moins de sentiments amoureux, simplement une grande complicité.

Jusqu'à présent, ils trouvaient tous les deux un équilibre dans cette étrange relation et tout allait pour le mieux. Leur collaboration était fructueuse et les contrats ne manquaient pas.

Mais pour le moment, la jeune femme de coutume si sûre d'elle est inquiète. Le silence de ce type ne lui dit rien qui vaille. Son absence de réaction est tout sauf normale. Il aurait déjà dû se manifester. Ce n'est pas la première fois que le duo procède de cette façon, et d'habitude, les résultats ne se font pas attendre aussi longtemps. Même si David ne lui a pas remis le colis en main propre, elle ne doute pas que son destinataire ait eu le message. Elle l'a vu arriver à son domicile alors qu'ils s'apprêtaient à en partir ! Non, décidément quelque chose ne tourne pas rond dans cette affaire. L'informaticien aurait déjà dû craquer et contacter leur commanditaire, au minimum pour s'engager sur un délai.

Elle ne sait presque rien sur la nature du contrat qui lie les deux hommes. Mais elle est suffisamment intelligente pour comprendre que Julien Vautier a failli à ses obligations.

Elle parierait qu'il a touché un acompte important pour accomplir une tâche qu'il n'a pas menée à son terme. Sinon, elle ne voit pas pour quelle raison ils auraient été engagés.

Pourquoi ce type a-t-il brusquement laissé tomber celui qui les emploie ? Elle n'en sait rien, et à vrai dire, elle s'en moque. Ce qu'elle ne peut tolérer, c'est que le savoir-faire de sa petite entreprise puisse être remis en cause !

Cela ne peut plus durer ! Elle doit dès à présent envisager un autre moyen de pression, auquel elle aura recours demain si la situation n'a pas évolué. De toute façon, elle voit mal un mec qui a le nez en permanence sur un écran leur tenir tête en faisant le mort…

8

Sidonie est arrivée chez son amie qui lui a raconté dans le détail les événements de la journée. L'épisode de la balle a laissé la jeune femme interloquée. Faut-il en vouloir à quelqu'un pour lui adresser un message d'une telle violence ? Les explications ne peuvent se trouver que dans le dossier laissé à l'intention de Stéphanie.

Les deux femmes quittent la cuisine et s'enferment dans le bureau de Julien. Stéphanie a préféré s'isoler avec Sidonie, tant elle appréhende l'épreuve qui l'attend.

Les ados, rentrés du lycée quelques minutes plus tôt, sont montés directement dans leur chambre après un bref passage par la cuisine. Cela a arrangé leur mère qui n'a pas essayé de les retenir. Pour l'instant, elle ne souhaite pas les perturber. Elle leur expliquera plus tard quand elle-même en aura appris davantage.

Les amies s'assoient sur un tapis hors d'âge que Julien a tenu à conserver. Elles préfèrent éviter le canapé élimé et poussiéreux. La clarté de la pièce se limite à une simple lampe d'appoint d'un design un peu dépassé. Le volet est volontairement baissé comme pour dissimuler des secrets honteux. Une exigence de son mari, sans doute pour préserver les couleurs d'origine des dessins hors de prix accrochés aux murs.

D'une voix hésitante, Stéphanie entame la lecture de la seconde partie de la confession.

« *Une entreprise du secteur de la conception des logiciels de jeux, comme la mienne, m'a approché il y a un peu plus d'un an. C'était la filiale d'un grand groupe étranger. Elle souhaitait que je l'aide à combler l'écart qui la séparait de son concurrent français. Elle avait appris, je ne sais comment, que mon poste d'analyste en charge de la surveillance du système d'information me permettait d'avoir accès à tous les développements en cours. Elle me proposait une forte somme d'argent contre des copies de programmes.*

Dans un premier temps, j'ai refusé. J'aimais mon métier et trahir la confiance de mes collègues me rebutait. Dans le milieu dans lequel j'évolue, le secret est de rigueur. Ma société était sur un projet qui allait révolutionner l'univers des jeux de combat. Elle ne pouvait s'autoriser la moindre fuite.

Et puis un jour, j'ai vu, sur un site de ventes aux enchères spécialisé, une planche d'un album de Tintin qui était proposée à la vente. Comprends-moi, cela arrive rarement. À partir de ce moment, j'étais comme obnubilé. Je la voulais, quel qu'en soit le prix. Et c'est à partir de là que j'ai cédé, et que mes ennuis ont commencé… ».

Les deux femmes sont effarées. Même s'il ne leur reste que quelques pages à parcourir, elles ont compris l'essentiel.

Sidonie pense égoïstement à son compagnon. En tant que responsable de la sécurité, il risque gros. Il y a manifestement des failles dans la protection des données de l'entreprise. Elle s'étonne d'ailleurs que, dans une société de ce type, les tâches ne soient pas davantage compartimentées.

Stéphanie, avant même d'avoir lu la fin de la confession, a déjà une vague idée de la raison pour laquelle elle a reçu des menaces. C'est à son mari qu'elles étaient destinées, elle ne serait donc pas étonnée qu'il ait reçu un acompte pour une commande qu'il n'a pas honorée. Et pour cause ! Sa mort a tout arrêté.

Elle stoppe sa lecture et réfléchit un court instant. Inutile qu'elle lise aujourd'hui le dossier jusqu'au bout. Elle n'en apprendra pas davantage. D'autant qu'il n'y a plus guère que des copies de courriels auxquels elle ne comprend rien.

Elle tente de digérer ce qu'elle a lu et se tourne vers Sidonie :

- Pour toutes ses magouilles, Julien a dû ouvrir un compte en son nom propre. Et pas en utilisant le circuit bancaire classique, j'en mettrais ma main au feu ! Les montants en jeu étaient trop importants. Cela ne m'étonnerait d'ailleurs pas que ce soit le genre de compte pour lequel il n'existe aucune trace écrite. Tu en penses quoi ?

- Tu dois avoir raison. Et si j'avais à gérer un compte de cette nature, en toute discrétion à l'insu de ma femme ou de toute autre personne, je crois que j'utiliserais un ordinateur dédié spécifiquement à ce type d'opérations.

- Sidonie, tu es un génie ! Pourquoi n'y ai-je pas pensé plus tôt !

- Euh, j'ai dû louper quelque chose, parce que là je ne te suis plus.

- Regarde sur le bureau. Tu n'as pas l'impression que trois PC, ça fait beaucoup ?

- Bon d'accord, mais sans vouloir te vexer, je ne vois que deux ordinateurs dessus !

Stéphanie tourne la tête d'un coup et se lève. À l'emplacement où trônait le matin même un portable laqué blanc se trouve désormais un espace vide. Livide, elle ne peut nier les faits : quelqu'un s'est introduit chez elle sans qu'elle s'en aperçoive. Quelqu'un qui, à l'évidence, connaissait la nature des informations contenues sur le disque dur !

∗

- Où étais-tu passé ? Tu es parti plus de quatre heures sans me donner de nouvelles ! J'ai bien vu que tu avais oublié ton téléphone sur la table du salon, mais tu aurais au moins pu essayer d'en emprunter un pour me tenir au courant. Je m'en faisais pour toi ! J'ai cru que tu avais eu un accident. Je n'étais pas sûre que tu sois déjà capable de reprendre le volant.

- D'accord, j'aurais dû te prévenir, mais comme tu le vois, il ne m'est rien arrivé. J'ai dû aider la femme du type qui est mort en percutant mon camion. Je m'étais au départ rendu chez elle pour m'excuser et m'assurer qu'elle allait bien et figure toi que…

- Une minute ! Tu n'es quand même pas en train de me dire que, pendant que j'étais là à me morfondre, toi tu jouais le joli cœur auprès d'une veuve éplorée !

- Tu es injuste. Si tu me laissais t'expliquer, tu comprendrais !

- Ah, je suis injuste en plus ! Quand je pense au temps que j'ai mis à trouver une solution pour te permettre de sortir de ce cauchemar. Eh bien, on ne m'y reprendra plus !

- Attends, que veux-tu dire par « trouver une solution » ?

- Enfin, monsieur veut bien m'accorder un minimum d'attention !

Laurence est furieuse. Non seulement, elle n'admet pas qu'Olivier affiche une telle désinvolture face à son inquiétude légitime, mais en plus, elle a déjà l'impression que la maison de repos, qui égoïstement lui aurait permis à elle de retrouver un semblant d'équilibre, ne rencontrera pas le succès escompté. Bon, pour l'instant, elle a trop à perdre à braquer son mari. Il faut qu'elle retrouve son calme. La brochure de présentation de la résidence « Les sapins bleus » devrait être en mesure de détendre l'atmosphère.

Elle décide de jouer la carte de l'apaisement et tend à son homme le fascicule cartonné. Les photos de la splendide demeure et le descriptif des activités proposées devraient lui plaire. Un vaste parc ombragé avec des personnes souriantes - peut-être un peu trop âgées au gout de Laurence, mais elle espère que son époux ne le remarquera pas - s'affiche en couverture.

Il ne faut pas longtemps à Olivier pour comprendre les intentions de son épouse.

- Ne me dis pas que tu m'as réservé une chambre dans une maison de retraite ! Et son nom : « Les sapins bleus » ! Pourquoi pas « La résidence des schtroumpfs » pendant que tu y es ?

- N'importe quoi ! Écoute-moi d'abord avant de critiquer ! C'est une maison de repos pour les personnes qui ont subi un traumatisme comme le tien. Je me suis renseignée, il y a une chambre qui se libère à partir de la semaine prochaine. Et puis, je dois reprendre le boulot demain, je t'en ai parlé, et tu sais que je n'aime pas te laisser tout seul à la maison en ce moment. Ce n'est pas très loin d'ici, je pourrais venir te voir tous les jours en fin d'après-midi. Tiens ! Prends au moins le temps d'ouvrir la brochure. Tu vois, ils proposent de l'équitation, du tennis… et il y a même une piscine intérieure pour toi qui aimes nager !

- Euh, tu te souviens quand même que j'ai une peur bleue des chevaux ? Quant au tennis, je n'ai jamais tenu une raquette entre les mains de toute ma vie !

- Ce que tu peux être négatif ! Ce n'est pas si différent du ping-pong. En plus, tu aurais aussi la possibilité de parler avec des professionnels qui t'aideraient à surmonter tes angoisses et à tourner la page.

- Non mais je rêve, tu veux que j'aille chez les psys ! Tu es au moins sûre que ce n'est pas un asile de fous, ta pension ?

La conversation est sur le point de dégénérer. Laurence sent qu'elle n'arrivera à rien aujourd'hui. Elle choisit de baisser les bras, au moins temporairement. À cet instant, elle a besoin d'air. Son mari commence sérieusement à lui taper sur les nerfs.

Le salon dans lequel elle se trouve avec lui l'oppresse de plus en plus. Un silence pesant s'est installé entre les deux époux. L'horloge de la cuisine égrène les secondes avec une régularité obsédante. Si elle reste une minute de plus dans cette pièce, elle va craquer, elle le sent ! Sans réfléchir davantage, elle enfile son manteau. Une petite balade à pied lui fera le plus grand bien. Pour ne pas entrer en contradiction avec elle-même, elle prend la peine de prévenir son époux. Il a tout juste le temps de s'en étonner qu'elle est déjà sortie. Elle entreprend une marche sans but, c'est une fin d'après-midi du mois de mai, il fait beau. Les chants des oiseaux font écho aux cris des enfants, mais Laurence n'a pas le cœur à les écouter. Sa vie est devenue vide de sens et il a fallu un tragique accident de la circulation pour qu'elle en prenne enfin conscience.

Elle remarque alors un véhicule qui semble la suivre. Il ne manquerait plus qu'elle se fasse maintenant agresser par un pervers ! C'est quand le conducteur entrouvre la vitre, dans le but d'attirer son attention, qu'elle le reconnait : Thibault ! Quelque chose se produit alors dans sa tête, et sans se poser plus de questions, elle monte dans la voiture et intime l'ordre à son amant de redémarrer.

Olivier attendra ! Elle n'arrête pas de s'investir pour l'aider à remonter la pente et c'est comme ça qu'il la remercie : en la laissant une partie de la journée dans l'angoisse, sans même se donner la peine de la rassurer. Eh bien cette fois-ci, c'est décidé : cela sera son tour !

9

Quand Sidonie est rentrée vers dix-neuf heures, Michel était déjà là. Il avait récupéré Léo chez la voisine et s'apprêtait à lui donner son avant-dernier biberon de la journée. Préoccupée, elle l'a embrassé rapidement, et après coup, elle s'est demandé s'il l'avait remarquée.

Habituellement, elle prend toujours plaisir à retrouver la chaleur de son foyer, mais pas ce soir. Pas après ce qu'elle vient d'apprendre ! D'ailleurs, comment l'équilibre de leur couple ne serait-il pas affecté par de telles révélations ? Les conditions étaient pourtant réunies pour qu'ils soient heureux. N'avaient-ils pas déniché, il y a un peu moins d'un an, un appartement fraichement rénové au centre de Roubaix ? Une petite merveille idéalement située sur laquelle ils avaient investi du temps et de l'argent pour parvenir à la transformer en un véritable havre de paix. Et voilà que maintenant, par la faute d'un individu, tout était remis en cause !

Quel gâchis ! Tout ça à cause d'un homme et de sa passion imbécile pour des dessins dans des cases !

Assis sur le canapé, Michel commence à nourrir un Léo qui s'impatiente.

En tant que parents, ils peuvent estimer qu'ils ont de la chance. Depuis quelques jours, leur enfant fait ses nuits. Il dort jusqu'à six heures d'affilée. D'après des amis, c'est inespéré pour un bébé de deux mois !

La jeune femme s'installe à côté de son compagnon et regarde celui-ci d'un air attendri. Il se débrouille bien avec Léo. Il est attentif et d'une patience rare. Elle ne le voit jamais s'énerver. Cependant, comment va-t-il réagir quand elle va lui révéler ce qu'elle a appris ? Arrivera-t-il à conserver son calme ? Elle en doute.

Elle ne sait pas comment introduire le sujet. Doit-elle attendre que Léo soit couché ? Non, elle doit lui en parler sans tarder. C'est beaucoup trop grave ! Elle s'apprête à relater son après-midi chez Stéphanie quand Michel la devance. Il a senti que quelque chose n'allait pas et il lui tarde d'en découvrir la raison.

- Bon, je te connais suffisamment pour savoir que tu n'es pas dans ton état normal. Je ne sais pas ce qui t'a amenée à partir d'un seul coup chez Stéphanie et à abandonner notre enfant à la voisine, mais j'aimerais avoir tout de même une explication. On n'avait jamais évoqué le fait de lui confier la garde de Léo, si je me souviens ?

- J'ai dû improviser. Elle m'a appelée en tout début d'après-midi. Elle était confuse et je n'ai pas tout compris. J'ai simplement retenu qu'il lui était arrivé quelque chose de grave. Je ne pouvais pas la laisser dans cet état. J'ai paré au plus pressé en confiant Léo à la voisine, et j'ai ensuite rejoint Stéphanie chez elle !

- Et alors, il lui arrive quoi à ta copine ? Son mari a laissé un testament qui révèle qu'il a une fille cachée ?

- Si ce n'était que ça ! Non, Julien a trahi sa confiance et il a vraiment fait n'importe quoi !

- Tu m'inquiètes ! Il n'a quand même pas braqué une banque ?

- Non, ce n'est pas ça, et tu ne vas pas aimer ! Euh, fais attention ! Léo a terminé son biberon, il est en train d'ingurgiter de l'air. Donne-le-moi, je vais le prendre un peu !

- D'accord, je te le laisse, et maintenant dis-moi ce que tu sais ! Et arrête de tourner autour du pot, ça me stresse encore plus !

En apprenant la trahison de Julien, Michel blêmit. Il avait une confiance aveugle en cet homme. C'est même à lui qu'il devait en partie la réussite de sa reconversion. Dès que le mari de Stéphanie avait appris par Sidonie sa volonté de quitter les forces de l'ordre, il lui avait obtenu un rendez-vous auprès du directeur de la boite, pour un poste de responsable de la sécurité. Son expérience avait fait le reste, mais l'ancien policier estimait jusqu'à présent qu'il lui en restait redevable.

Tout ça pour ça ! Au moment même où il l'incitait à postuler, cet enfoiré en était déjà à vendre des éléments d'un jeu à une entreprise concurrente. S'il y a bien une personne dont il ne serait pas méfié, c'est bien de lui ! Dire qu'il travaillait main dans la main : Julien, en tant qu'analyste SOC, assurait la surveillance du système d'information, tandis que lui veillait à ce qu'aucune personne non habilitée ne franchisse les portes de l'entreprise. C'était bien la peine d'avoir poussé la sécurité à des niveaux extrêmes si la menace se trouvait à l'intérieur ! Michel se rend compte qu'il va devoir assumer une partie de la responsabilité des fuites. Il aurait dû être plus vigilant. Son rôle était aussi de contrôler discrètement les salariés en écoutant les conversations. Il y a toujours des personnes qui ne savent pas tenir leur langue et se vantent d'achats sans rapport avec leurs revenus. À ses yeux, il aurait été étonnant que Julien commette ce type d'erreur. Quand il pense que même sa propre femme n'avait aucun soupçon !

- Euh, j'ai une idée ! reprend Sidonie, désireuse d'aider son compagnon. Et si on gardait tout ça pour nous ? Inutile d'accabler un mort, et puis jusqu'à présent, personne n'est au courant dans ta société.

- C'est ça ! Et quand le jeu de la concurrence sortira, comme par hasard juste avant le nôtre, tu ne crois pas que quelqu'un dans la boite remarquera les similitudes ? Et tu oublies l'ordinateur manquant et les menaces ! Une balle de fusil ou de pistolet, ce n'est pas rien ! Réfléchis ! Si un type a versé un acompte pour une partie d'un programme, il y a peu de chance pour qu'il laisse tomber l'affaire sans réagir ! Surtout si, de toute évidence, il ignore toujours que le principal intéressé est décédé ! Crois-en mon expérience d'ancien policier : je pense que ton amie a des soucis à se faire et j'ai l'impression qu'elle va avoir besoin de nous !

∗

À une vingtaine de kilomètres de là, Stéphanie continue à éplucher les documents contenus dans le caisson du bureau.

La soirée avait été plutôt calme. Ses enfants avaient dévoré leur repas sans dire un mot, pressés de retourner dans leur chambre. Elle s'en était à peine étonnée. Est-ce qu'ils avaient réellement réalisé ce qu'ils mangeaient ? Elle en doutait, tant ils paraissaient préoccupés par quelque chose. L'adolescence était pour elle une période étrange qu'elle renonçait souvent à comprendre. Ce soir, ses garçons lui donnaient au moins l'impression d'avoir retrouvé un semblant de vie. Ils avaient quitté pour quelques heures le masque taciturne qu'ils avaient pris l'habitude d'adopter depuis la mort de leur père et c'est tout ce qui comptait pour elle.

Elle avait ensuite regagné la pièce fétiche de son défunt mari. Si elle avait un début d'explication aux menaces reçues, elle s'étonnait de ne rien avoir deviné de ses activités illicites. Faut-il qu'elle ait été aveugle pour n'avoir rien remarqué !

Pour l'instant, fébrile, elle étudie attentivement tout ce qui lui tombe sous la main. Dans le désordre apparent qui était le sien, Julien avait tout de même une certaine logique. Une organisation bien à lui, avec laquelle elle commence à se familiariser au fur et à mesure qu'elle avance dans ses recherches.

Ainsi, une partie de ce qui a trait à la vie du ménage - impôts, factures et autres - semble avoir une place bien précise sur un des angles du bureau, où sont posés les ordinateurs. En poursuivant l'examen du caisson, elle tombe sur les relevés de banque du couple, les contrats d'assurance et les fiches de paie de Julien - car il y a bien longtemps qu'elle ne fait plus confiance à son époux pour classer tout ce qui la concerne directement -, mais rien sur l'argent frauduleusement gagné.

Elle a la confirmation de ce qu'elle pressentait. L'ordinateur manquant. Tout ce qui porte sur les combines de son homme doit être dessus !

Elle connait les deux autres portables. Il y a peu de chance pour qu'elle y trouve la moindre information compromettante. Celui de la maison, inutile d'y songer. Elle l'utilisait de façon occasionnelle. Quant au professionnel, elle sait par expérience que Julien n'aurait pas pris le risque de s'en servir pour ses magouilles, les collègues de son service pouvant accéder à distance au disque dur. Donc, par déduction, il ne peut s'agir que du troisième !

Elle s'interroge sur sa disparition. C'est forcément au cours de la journée qu'elle s'est produite. Mais quand ? Personne n'est entré dans le bureau, mis à part cet Olivier - au demeurant fort sympathique - qu'elle n'a pas quitté des yeux. Quant à son amie, c'est elle qui lui a signalé sa disparition. Alors qui ?

Ses deux ados ! Pourquoi n'y a-t-elle pas pensé plus tôt ? Qui aurait eu accès à la pièce si ce n'est eux ? Et leur air de conspirateur pendant tout le repas ! Il faut absolument qu'elle en ait le cœur net !

- Louis, Thomas ! Venez un peu ici !

- …

- Vous m'entendez ?

- Oui, maman ! Attends, on arrive ! S'en suit un silence de quelques secondes, puis une cavalcade dans l'escalier.

- Vous n'auriez pas vu l'ordinateur de votre père, par hasard ? Un portable laqué blanc qui était dans le bureau ?

- Euh !

- Oui, Louis ?

- Ben, mon ordi était en rade, alors comme j'en avais besoin d'un pour faire des recherches pour le lycée, j'en ai pris un de papa. De toute façon, il n'en aura plus besoin maintenant qu'il est mort…

Un instant désarçonnée par la répartie pleine de bon sens de Louis, d'une voix marquée par l'émotion, Stéphanie tente de raisonner gentiment son plus jeune fils :

- Bon, ce n'est pas très grave, mais vous auriez pu m'en parler quand même avant ! Je le cherchais. Et puis, je ne vois pas bien à quoi il a pu vous servir si vous ne connaissez pas le mot de passe !

Au visage rempli de fierté de Louis, la mère de famille réalise tout de suite à quel point elle a sous-estimé ses deux garçons :

- Tu parles ! Thomas m'a aidé et ça n'a pas été difficile. Papa avait mis nos deux prénoms, suivis de nos mois et années de naissance, avec à la fin un point d'interrogation. Ça, c'était le plus facile : papa met toujours un point d'interrogation à la fin de ses mots de passe. Il ne nous a fallu que trois essais pour le trouver !

- Euh, je préfère le récupérer maintenant. C'était à votre père. Il n'aurait pas aimé que vous y touchiez, et puis j'en ai besoin !

- T'inquiète, maman ! Il n'y a dedans que des dessins de Tintin, comme ceux que papa a dans son bureau. Il y a aussi sur le disque dur des morceaux d'un jeu de combat trop génial. Tu verrais le graphisme. Il est pas croyable ! Ça fait comme dans un vrai film avec plein d'effets spéciaux. En plus, on peut créer son propre avatar et ça donne vraiment l'impression d'être dans le jeu. J'étais en train d'y jouer avec Thomas quand tu nous as appelés et je peux déjà te dire que, quand je vais en parler demain aux copains, ils vont être verts !

10

Alex s'est levée tôt. Un vague pressentiment. Habituellement, les résultats des missions qu'on lui confie sont plus rapides. La réception d'une balle de calibre 9 mm aurait dû le jour même déclencher une réaction chez son destinataire.

Un appel, alors que David vient à peine de sortir du lit, lui confirme ce qu'elle redoutait : leur petit colis n'a pas eu les effets attendus, mais point positif, leur rôle dans l'affaire évolue. Elle attend que son partenaire s'installe à la table du petit déjeuner pour lui annoncer la nouvelle :

- Bon, je viens d'avoir ce matin au téléphone monsieur Dupont - le nom d'emprunt que s'est donné notre très cher commanditaire -, il a une nouvelle mission pour nous !

- À la tête que tu fais, je m'attends au pire !

- Comme je le pressentais hier, il n'a pas eu de nouvelles de Julien Vautier et ça préoccupe notre brave homme ! Il commence à se dire que ce n'est pas normal. Il craint désormais que notre informaticien préféré ait des remords tardifs et ne respecte pas sa part du contrat. Il pense même qu'il a pu prévenir la police !

- Si c'est le cas, ça va pas nous faciliter la tâche !

- Penses-tu, les flics ont d'autres chats à fouetter ! Et je ne vois pas l'intérêt du type à scier la branche sur laquelle il est assis. J'imagine les revenus confortables que cela doit lui procurer. Cela serait stupide de sa part de s'en priver !

- Et si dans sa boite, quelqu'un commençait à avoir des soupçons ? Tu ne crois pas que cela serait un motif valable ?

- Tu n'as peut-être pas tort ! Mais je m'égare. Monsieur Dupont voudrait que nous récupérions un ordinateur chez les Vautier. Apparemment, il y a plein d'informations dessus qui pourraient causer du tort à notre homme. Il veut tout arrêter avant qu'on ne remonte jusqu'à lui.

- Donc, il laisse tomber l'argent qu'il a avancé au type ?

- Non, il veut les deux ! L'argent et l'ordi ! Il nous laisse carte blanche. Il connait notre réputation et nous fait entièrement confiance. Il nous a même promis une petite prime en cas de succès !

- Ouah, je sens qu'on va enfin pouvoir s'amuser ! Il me manquait de pouvoir passer à l'action. Jouer les facteurs n'était vraiment pas mon truc.

Alex ne répond pas. Elle a une petite idée de la méthode à utiliser pour parvenir à ses fins. Néanmoins, elle ne veut pas tempérer l'enthousiasme de David. Elle doit à tout prix veiller à préserver la cohésion de leur tandem de choc. Elle s'arrangera donc pour lui souffler le projet qu'elle a en tête, de façon à ce qu'il se l'attribue progressivement !

Et puis, elle n'oublie pas qu'ils ont maintenant un atout. Ils connaissent les traits de leur informaticien de génie : un grand mec baraqué au physique de camionneur !

∗

72

Quand Laurence rentre chez elle, Olivier est déjà dans la chambre. Elle n'a pas le courage de le rejoindre. Trop honteuse, elle préfère s'allonger sur le canapé du salon.

Elle s'en veut d'être montée dans la voiture de son amant. Elle réalise à quel point son accès de colère vis-à-vis de son mari était disproportionné. Alors oui, ils se sont rendus immédiatement chez lui et ont fait l'amour avec une énergie décuplée par leur état de manque mutuel. Mais après coup, elle s'est dégoutée. Elle n'y a pas trouvé la satisfaction qu'elle espérait. Elle a ressenti un grand vide et a fini par déplorer son absence de volonté.

Quand est venu le temps des regrets, elle s'est interrogée aussi sur la présence de Thibault près de son domicile. Elle a compris sans qu'il ait besoin d'ouvrir la bouche. En s'approchant de son foyer, il a transgressé une des règles qu'ils s'étaient fixées et cela l'a mise en rogne. Elle a exigé qu'il la ramène. Il l'a suppliée de passer la nuit chez lui. Elle a tenu bon, et de guerre lasse, il a fini par la raccompagner.

Ce jeudi, elle reprend le travail et a une mine affreuse. Elle n'a quasiment pas fermé l'œil de la nuit. Elle sent qu'elle est arrivée à un point de non-retour et qu'elle ne peut plus continuer à naviguer de cette façon entre les deux hommes. Elle les aime pour des raisons différentes. Cependant, plus elle analyse ce qu'elle éprouve pour Thibault, plus elle prend conscience que leur relation est exclusivement basée sur le sexe.

La complicité qu'elle ressent avec Olivier est tout autre. Elle comprend qu'entre eux, il y a un véritable amour qui les unit. Après vingt-cinq ans de mariage, ses sentiments pour lui sont demeurés inchangés. Alors certes, leur couple a parfois connu des tempêtes, mais ils sont toujours parvenus à garder le cap et à regagner le rivage.

Après des années d'atermoiements, où elle a cru ne pouvoir se satisfaire d'un seul homme, elle sent que le moment est venu d'organiser un grand ménage dans sa vie. Hier, Thibault est allé trop loin. Beaucoup trop loin. Il est évident qu'il la guettait avant même qu'elle ne sorte prendre l'air. Elle réalise alors ce qu'elle aurait dû anticiper depuis longtemps : Thibault en est arrivé à un stade où il ne se satisfait plus de leurs rapports épisodiques. Un stade où il attend désormais plus de sa part. Quelque chose qu'elle serait bien incapable de lui donner, tant elle est sûre de ne pas vouloir quitter son mari ! Et à ce stade de sa réflexion, elle pressent déjà que la seule issue à son imbroglio sentimental sera de renoncer définitivement à son amant.

Reste à expliquer à son époux ce qu'elle a trafiqué durant la soirée. L'heure de partir travailler approche. Elle a peu de temps devant elle et ne veut pas s'en aller sans avoir clarifié la situation avec lui. Comme elle n'envisage pas une seule seconde d'avouer sa liaison, elle sait qu'elle n'aura pas d'autres solutions que de lui mentir une fois de plus.

Sa décision prise, elle gagne la chambre pour le surprendre dans son sommeil avec un baiser. Elle s'approche du lit conjugal, sans faire de bruit, et constate dans la pénombre qu'il n'est pas défait. L'emplacement où son mari aurait dû se trouver est désespérément vide.

Elle en arrive alors à la conclusion qu'Olivier n'a pas passé la nuit à la maison !

*

La veille, quand Laurence a passé le seuil de la porte d'entrée, Olivier a voulu la rattraper pour s'excuser de son attitude - après tout, en voulant lui trouver un lieu où il aura la possibilité de se rétablir plus rapidement, elle ne veut que son bien ! Quelle n'a pas été sa surprise de la voir monter presque aussitôt dans une voiture conduite par un homme. À l'évidence son amant ! Ainsi elle avait tout manigancé, jusqu'à feindre une colère pour avoir l'occasion de s'éclipser plus vite. Il ne l'aurait pas suivie après son départ qu'il n'en aurait rien su ! Quelle hypocrite ! Cela ne l'a pas gênée de le laisser culpabiliser pour rien. Quand il pense aux allusions qu'elle a eu le culot d'émettre quand il manifestait de l'empathie pour Stéphanie Vautier :

« En plus, je ne lui ai rien caché ! Je n'ai fait que passer chez cette dame en tout bien tout honneur. Je n'ai rien à me reprocher, contrairement à elle ! Ah et puis zut, ce n'est pas à moi de me sentir coupable ! Madame a décidé de prendre du bon temps, eh bien, il n'y a pas de raison pour qu'elle soit la seule ! »

Olivier n'avait pas l'intention de rester seul chez lui à broyer du noir. Il ne se voyait pas non plus débaucher un

75

copain à une heure aussi tardive. Une virée dans le centre de Lille, à une petite demi-heure de route, lui ferait pour un instant oublier son épouse volage.

Sur le coup de huit heures, Olivier se réveille dans le lit d'un hôtel proche de la gare, avec des souvenirs confus de la soirée. Il se rappelle être entré dans une brasserie, avoir aperçu une vague connaissance… Après, tout devient plus flou.

En fouillant dans sa mémoire, un souvenir remonte à la surface : il est en train de boire une bière, en pleine conversation avec une très belle jeune femme.

C'est une impression curieuse, celle d'être un observateur extérieur à la scène.

Il se souvient parfaitement de son visage parsemé de taches de rousseur, encadré de longs cheveux bruns bouclés et éclairé par des yeux verts. Ils rient ensemble de banalités et échangent des regards complices. Il lui semble à un moment qu'elle a la main posée sur sa cuisse… Puis plus rien ! Un grand vide…

C'est en entendant le bruit de la douche dans la salle de bain voisine qu'il réalise brutalement qu'il n'est pas seul dans la chambre. Sortant de sa rêverie, il constate avec surprise qu'il est nu sous les draps. Ce n'est pas possible, il n'aurait quand même pas ? Il n'a guère le temps de se poser davantage de questions. Un homme vêtu d'un simple boxer fait son apparition.

- Ah, je vois que tu es réveillé. Ben dis donc mon vieux, quand tu aimes, tu ne comptes pas !

- Quoi ! Vous voulez dire que nous deux, on a…

- Mais tu sais que tu es vexant, toi ! Après la nuit torride qu'on a vécue, j'espérais quand même que tu me manifesterais davantage d'attentions !

Olivier d'un seul coup est complètement dégrisé. Décomposé, il n'ose à peine regarder l'inconnu qui le dévisage d'un air goguenard.

- Mais non abruti, les mecs ce n'est pas mon truc plus que toi. Je t'ai simplement tiré d'un mauvais pas. Tu te rappelles la jolie brune que tu dévorais des yeux hier ?

- Euh oui, vaguement, cependant je ne vois pas ce qu'elle a à voir avec vous !

- Ah je t'en prie, tu peux me tutoyer ! On a quand même partagé le même lit. Bon, je te raconte ! Je l'ai vue mettre quelque chose dans ton verre et il ne m'a pas fallu longtemps pour comprendre où elle voulait en venir. Et crois-moi, sans mon intervention, tu te serais retrouvé dans de beaux draps ! Je pense qu'elle t'aurait accompagné à l'hôtel, déshabillé, et qu'elle se serait ensuite arrangée pour te faire chanter en te prenant en photo dans des positions compromettantes. Inutile de te dire que sans moi, tu te serais réveillé comme ce matin, mais avec un portefeuille en moins et des sacrés soucis en perspective !

- Euh, merci ! Mais ça ne m'explique pas pourquoi je suis à poil dans ton lit ?

- J'ai eu pitié de toi, et après avoir éloigné ta belle arnaqueuse, je t'ai ramené à mon hôtel. Visiblement, elle t'avait filé quelque chose qui agissait sur la libido. Aussitôt dans la chambre, tu as enlevé tous tes vêtements et tu t'es mis au lit. Euh, excuse-moi de te le préciser, mais en plus de tenir des propos incohérents, tu bandais également comme un âne ! Heureusement, tu t'es assoupi assez vite et j'ai pu m'allonger à côté de toi, sans craindre que tu te jettes sur moi ! Et tu peux être rassuré. Je n'ai pas abusé de toi. Néanmoins, je suis admiratif : tu es beau gosse, et encore en pleine forme pour ton âge, si je me fie à la durée de ton érection !

- Ah la honte ! Si tu pouvais savoir comme je m'en veux !

- Bah, tu t'en remettras. Rassure-toi, le ridicule ne tue pas ! Bon maintenant, tu m'excuses, mais je vais devoir te laisser. Le devoir m'appelle. Je dois m'habiller et aller bosser. Si tu as faim, n'hésite pas, il y a des croissants et du café et il en reste suffisamment pour toi ! Ah oui ! Tu n'oublies pas de claquer la porte en sortant !

Resté seul, Olivier accuse le coup. Les virées en solitaire ne lui réussissent vraiment pas. Inutile qu'il reparte chez lui tout de suite. Sa femme, à la condition qu'elle soit rentrée à la maison après avoir passé la nuit avec son amant, reprend le travail aujourd'hui.

Pourquoi, à cet instant, pense-t-il à Stéphanie ? C'est spontanément la deuxième personne qui lui vient à l'esprit. Il la connait peu, pourtant il sait déjà qu'elle le comprendra et saura lui prêter une oreille attentive. Et puis, il n'ose se l'avouer, mais il brule d'envie de la revoir !

11

Le soir, dans son lit, Stéphanie a voulu lire la confession de Julien jusqu'à la fin.

Elle avait pris les derniers feuillets avec elle dans la chambre. Elle espérait terminer la journée sur une note d'optimisme. Elle conservait l'illusion d'un revirement, d'une prise de conscience qui aurait conduit son défunt mari à exprimer des regrets sincères. Elle pensait naïvement qu'il était prêt à couper les ponts avec l'entreprise qui finançait sa passion immodérée pour Tintin. Eh bien, il n'en était rien.

Entre des copies d'e-mails sans grand intérêt, elle avait découvert des allusions à la préparation d'un gros coup. Le tout dernier transfert de données, promettait-il, juste avant d'avouer qu'il ne pouvait plus reculer : un acompte substantiel lui avait été versé, rendant tout retour en arrière impossible.

Écœurée, elle n'avait même pas lu les deux dernières pages et avait décidé de remettre au lendemain l'examen du portable confisqué à son plus jeune fils. Finalement, qu'est-ce que l'ordinateur de Julien aurait pu lui apprendre de plus qu'elle ne savait déjà ?

Cette nuit-là, perturbée par les événements de la journée, Stéphanie avait mis du temps à s'endormir et n'avait cessé de se retourner dans son lit.

À six heures, n'en pouvant plus de chercher un sommeil qui la fuit, elle décide de se lever pour prendre un café. Un petit noir bien serré pour repousser les fantômes de ses nuits.

Elle est épuisée mais ressent surtout un grand désarroi. Depuis la mort de Julien, elle manque de motivation et n'a plus de véritables envies. Elle limite au maximum ses sorties. Elle, qui aimait la lecture, est devenue incapable de se concentrer plus de quelques minutes et elle ne parvient pas davantage à fixer son attention sur la moindre émission de télévision. Elle tente bien de donner le change en présence de ses ados, mais le cœur n'y est plus. Même les tâches ménagères lui sont devenues insupportables.

Déjà que son homme ne l'aidait pas beaucoup et qu'elle devait auparavant jongler entre travail, enfants et corvées quotidiennes ! Mais depuis la mort de Julien, elle réalise qu'elle n'y arrive plus. Elle passe son temps à procrastiner et sent que ça ne peut plus durer. Elle ne supporte plus d'entendre le « Est-ce que tu as lavé mon tee-shirt ? » de Louis et le « Qu'est-ce qu'on mange ce soir ? » de Thomas. Elle doit réagir ! D'abord, il n'y a pas de raisons qu'elle fasse seule tout le travail de la maison. Elle va mettre ses enfants à contribution. Démarrer une lessive n'est pas compliqué et il y a plein de repas faciles à cuisiner à la portée d'un ado affamé !

Elle dispose encore d'une petite heure avant le réveil de ses garçons. Une heure qu'elle va mettre à profit pour organiser sa journée et se reprendre en main. Il lui reste quelques jours avant de recommencer à travailler et il est désormais important qu'elle apprenne à gérer son quotidien sans l'aide de Julien.

En premier lieu, elle prend la décision de se rendre à la gendarmerie de Baisieux sur le coup de dix heures. Il faut qu'elle puisse se sortir de l'esprit ce colis et la balle qui l'accompagne. Elle compte beaucoup sur les forces de l'ordre pour mettre la main sur les salopards qui ont eu recours à de telles méthodes d'intimidation. Ensuite elle avisera, mais à ce stade une seule certitude : elle doit réapprendre à vivre !

*

Olivier s'efforce d'effacer de sa mémoire les événements de la veille. Sa piteuse nuit à l'hôtel en compagnie d'un inconnu l'a secoué. On ne l'y reprendra plus à se rendre seul dans un bar ! Il ignore encore comment se dérouleront ce soir les retrouvailles avec son épouse, mais elle aura à l'évidence besoin d'arguments pour le convaincre. Il la voit encore monter dans la voiture conduite par ce type, et à cette seule évocation, ses poings se serrent sur le volant.

Il n'a maintenant plus besoin d'un GPS pour se rendre à Camphin-en-Pévèle, la commune où habite Stéphanie. Paradoxalement aussi, le village où il se rendait lorsqu'il a eu son accident. Quand il arrive sur la zone où il s'est produit, le routier est saisi comme la veille d'une légère appréhension, mais constate avec satisfaction qu'il maitrise de mieux en mieux son anxiété. C'est la preuve que son état s'améliore. Un rétablissement assez miraculeux pour quelqu'un qui, moins d'une semaine auparavant, était encore complètement paniqué à l'idée de reprendre la route.

Au moment où il entre dans le village, il ressent une certaine appréhension à l'idée de la revoir. Comment va-t-elle réagir à sa venue ? Elle le connait à peine. Et si elle avait simplement envie d'être seule ? Après tout, elle vient tout juste de perdre son mari.

Mais il est désormais trop tard pour renoncer. Un klaxon rageur d'une voiture à qui il vient de refuser la priorité. Un dernier virage. Il est arrivé. Il se gare un peu en retrait et traverse la cour pavée du corps de ferme. Il ne lui reste plus qu'un mètre avant d'atteindre l'entrée. Il n'a pas le temps de s'interroger davantage sur ce qu'il va lui dire ; elle apparait dans l'embrasure de la porte.

- Ah c'est vous, j'allais justement partir ! Comment allez-vous ? Bon, et puis après tout je ne suis pas si pressée. Entrez ! Je ne sais pas pourquoi vous êtes là, mais vous tombez bien, je ne me sentais pas le courage de me rendre à la gendarmerie toute seule. Cela vous dérangerait si je vous demandais de m'accompagner ?

- Euh non, pas du tout !

- Mais rien ne presse, nous avons le temps de prendre un petit café. Cela vous dit ? Je vous raconterai ce que j'ai découvert hier après votre départ !

- Avec plaisir ! Vous n'avez pas reçu depuis d'autres menaces, j'espère ?

*

Alex se gare au moment où Olivier pénètre à l'intérieur de l'habitation. Elle anticipait le fait que l'informaticien travaille régulièrement chez lui. Elle ne s'était pas trompée. L'homme qu'elle vient de voir, et qu'elle avait déjà remarqué hier, est bien le type qu'avec David, elle cherche à intimider. Elle en est désormais persuadée.

D'ailleurs s'il existait encore un doute, sa charmante épouse vient de le lever en lui ouvrant la porte sans qu'il ait besoin de s'annoncer et il serait étonnant que la propriétaire des lieux fasse venir chez elle un amant dans la journée. Tout se sait dans ce genre de petit village et elle ne prendrait pas le risque de ternir sa réputation en étant aussi imprudente !

Avec David, ils ont échafaudé un plan pour récupérer l'ordinateur et montrer à l'informaticien ce qu'il en coute de ne pas respecter ses engagements vis-à-vis de monsieur Dupont. Ils ont aussi prévu de fouiller la maison, dans le cas où un document compromettant pour leur commanditaire aurait été conservé.

La règle d'or dans leur métier est la discrétion. Pour éviter de se faire repérer, il est impératif de ne pas utiliser deux fois le même mode opératoire. Fort de ce principe, qu'ils ont toujours pris soin d'appliquer, leur petite entreprise a pu fructifier.

Pour l'opération qu'ils s'apprêtent à débuter, Alex est arrivée un peu avant David dans une voiture différente de la veille. Son partenaire, en affaire comme en amour, attend son signal pour la rejoindre, stationné à cinq cents mètres sur le parking d'un supermarché.

La matinée ensoleillée lui facilite la tâche. Des lunettes de soleil masquent en partie son visage. Un faux ventre de grossesse complète le déguisement.

Elle sait par expérience que si quelqu'un la remarque, il se focalisera d'abord sur son statut de future maman et en oubliera le reste. L'accessoire volontairement creux offre également un autre avantage : celui de permettre le transport de documents et de petits objets. Alex mise aussi sur l'aspect rassurant de la femme enceinte. Elle est persuadée que le couple Vautier ne se méfiera pas d'une dame sur le point d'accoucher.

Tout est prêt. Elle va pouvoir appeler David pour qu'il la rejoigne aussitôt qu'elle sera sur place. Aujourd'hui, elle a décidé d'être le cheval de Troie. La gentille, dont on ne se méfie pas, qui aide discrètement son complice sur place. Et puis, quoi de mieux qu'une femme enceinte dans la détresse pour se faire ouvrir une porte ?

Alex est concentrée. Elle ressent une poussée d'adrénaline comme à chaque fois qu'elle s'apprête à passer à l'action. Elle mémorise les lieux dans l'éventualité où ils devraient en partir rapidement.

La cour fermée présente l'avantage, dès le porche franchi, d'offrir plein de cachettes pour se dissimuler. L'ancienne ferme a été rénovée de façon à conserver l'authenticité du site, et elle doit reconnaitre que le couple a eu bon gout. La peinture blanche qui recouvre les murs est classique, mais elle donne à l'ensemble un aspect rustique qui ajoute au charme de la propriété. Un toit de tuiles en terre cuite harmonise l'ensemble de façon opportune. Personnellement, elle aurait choisi la brique apparente pour mettre en valeur la construction, mais bon, elle ne va pas chipoter, elle a déjà vu pire.

Alex sort de la voiture et traverse la rue, les yeux fixés sur l'entrée de l'habitation des Vautier. Elle a une cinquantaine de mètres à parcourir. Elle a répété dans sa tête chacune des parties de son plan. Elle ne risque rien, à la condition qu'elle sache maitriser la rage qui couve en elle. Elle hait ce genre de couple bien établi à qui tout réussit, d'autant plus qu'elle comprend mal les motivations de Julien Vautier à s'embarquer dans ce type de galère.

Elle est parvenue au niveau du porche quand elle voit le couple sortir avec un sac et monter dans un véhicule garé dans la cour. « Pour faire des courses ? ». Elle le pense. Elle stoppe tout net sa progression et rebrousse chemin.

Leur intervention ne pourra pas se dérouler comme prévu. Ils devront procéder autrement. La pression qu'il comptait exercer sur l'informaticien lors de leur visite tombe à l'eau. Une nouvelle tentative sera nécessaire. Alex est contrariée mais pas abattue, d'autant que ce n'est que partie remise.

En revanche, la maison vide de tout occupant leur offre désormais d'autres possibilités !

12

Michel est inquiet pour l'amie de Sidonie. Aller voir les gendarmes est une sage décision mais il a un doute : est-ce que les représentants de l'ordre la prendront réellement au sérieux ?

En tant qu'ancien policier, il ne le pense pas. Elle aura droit à des questions du style :

« Avez-vous de bons rapports avec vos voisins ? » ou « Connaissez-vous quelqu'un qui s'est une fois vanté de posséder une arme d'un tel calibre ? » ou pire, ils imagineront qu'il s'agit d'une blague de potache d'un gout douteux !

Il en est persuadé, Stéphanie a besoin d'aide, et rapidement. Il a posé une journée de congé pour ce jeudi. La situation est trop grave, il doit lui parler et évaluer l'ampleur des fuites. Il informera sa société ensuite.

La veille, il a rassuré Sidonie. Il a regretté de s'être énervé. Énervement qui était d'ailleurs vite retombé. Car elle n'y était pour rien, pas plus que son amie. Le seul fautif était Julien et le hasard a voulu que ce dernier décède avant que ses turpitudes ne soient révélées.

Michel le sait déjà. Il risque d'être en porte-à-faux vis-à-vis de sa boite quand les malversations de ce petit salopard seront connues. Mais il avisera à ce moment-là, et si le licenciement est la seule issue possible, il rebondira ailleurs !

La tension avec sa compagne dissipée, il a attendu le milieu de la matinée pour se rendre chez Stéphanie. Une vingtaine de kilomètres séparent son domicile roubaisien de Camphin. À cette heure, la circulation est fluide. Il ne lui faut guère qu'une quinzaine de minutes pour parvenir devant l'ancienne ferme où elle réside.

Pour s'être déjà rendu plusieurs fois chez les Vautier en tant qu'invité, Michel est familier des lieux et gare directement son SUV dans la cour, devant l'entrée. Il remarque l'absence de voiture dans l'enceinte et craint qu'il ne soit venu pour rien. Il ne peut alors s'empêcher de s'en prendre à lui-même : « Mais quel con ! Il est évident que j'aurais dû la prévenir avant de venir. Eh bien maintenant, il ne me reste plus qu'à repartir. »

Par acquit de conscience, l'ancien policier sort de son véhicule et, soudain envahi par un mauvais pressentiment, appuie sur la clinche pour vérifier que la porte est verrouillée. Celle-ci s'ouvre sans opposer de résistance. Michel trouve étonnant que Stéphanie soit sortie en oubliant de fermer à clé, car il la connait suffisamment pour savoir que ce n'est pas dans ses habitudes.

Il entre dans la maison et ne peut que constater le chaos qui y règne. La cuisine dans laquelle il pénètre en premier est sens dessus dessous. Le contenu des tiroirs et des placards gît sur le sol dans une pagaille indescriptible. En progressant, il réalise que le salon ne vaut guère mieux. Tout a été méticuleusement vidé. Même la bibliothèque, qui fait aussi office de meuble télé, a été débarrassée de ses livres. Le tout formant sur le plancher un tapis d'objets disparates.

Un son étouffé lui parvient de la pièce voisine, puis un raclement qui évoque une chaise qu'on déplace. Il n'est pas seul dans la maison. C'est une certitude. L'individu à l'origine de ce désordre est encore présent.

À pas de loup, il se dirige lentement vers l'origine des bruits. Plus que quelques mètres, quelqu'un est dans le bureau, il n'y a aucun doute possible. Encore un mètre, Michel aperçoit le dos - a priori d'un homme - par l'entrebâillement de la porte. La lumière est allumée. Cela n'étonne pas l'ancien policier. Il a toujours connu les volets fermés dans ce qu'il avait coutume d'appeler, il y a encore peu, la pièce de Julien. Il met la main sur la poignée. Il compte sur l'effet de surprise pour neutraliser le visiteur indélicat. Ce dernier regarde dans le sens opposé, c'est sa chance. Michel n'a pas d'arme sur lui, pourtant il ne tremble pas. Il donne brutalement un coup de pied dans la porte, tout en déclamant d'une voix ferme :

- Police ! Ne bougez pas et restez où vous êtes ! Mettez les mains derrière le dos et placez-vous contre le mur ! Je vous préviens, je n'hésiterai pas à recourir à l'usage de la force si vous refusez d'obtempérer !

Michel n'a pas le temps d'en dire plus. Il ressent une douleur sourde sur la nuque, puis la sensation de perdre pied. Il s'affale lourdement sur le sol. Dans un ultime sursaut, il entrevoit des chaussures de femme, avant de sombrer dans l'inconscience…

Alex a les yeux fixés sur le corps inanimé qui gît à ses pieds. Elle tient dans la main une batte de baseball trouvée dans l'une des chambres.

- Police, mon œil ! Il est autant policier que moi je suis Wonder Woman. Encore heureux que j'étais là pour assurer tes arrières ! Bon, je crois que nous nous sommes suffisamment attardés, il est maintenant temps de partir ! Tu as fini ?

- Je n'ai rien trouvé d'intéressant dans le bureau. J'embarque encore les deux ordis et on peut s'en aller ! Et toi à l'étage ?

- Rien non plus ! Putain, quand j'ai vu ce fumier, j'étais presque arrivée en bas des marches. J'ai eu juste le temps de m'accroupir. Il était moins une qu'il me voie ! Heureusement que j'avais cette batte. Quand je pense que je l'avais subtilisée dans la chambre du gamin pour t'offrir un petit cadeau ! Bon maintenant, pique deux ou trois trucs pour faire croire à un cambriolage, ensuite on s'en va. Bon sang, mais regarde-moi ça ! Il faut vraiment avoir un gout de chiottes pour mettre des dessins de Tintin et Milou dans des cadres ! Et en noir et blanc en plus ! Prends la peinture dans le salon. Ça au moins, je suis sûre que ça a de la valeur, et embarque aussi le bronze sur le buffet. Moi, j'ai prélevé quelques bijoux dans le dressing de madame. Cela devrait suffire pour les induire en erreur. Et surtout, attends d'être sorti de la maison avant d'enlever les gants et la casquette !

- Finalement, on ne s'en sort pas si mal. Les flics ne s'embêteront pas pour un banal vol avec effraction et il serait étonnant que notre cible ne perçoive pas le message. Ajouté à la balle que nous lui avons adressée hier, ce serait à désespérer s'il ne remplissait pas maintenant sa part du contrat avec notre employeur !

- Tu oublies le mec que j'ai assommé. Je me demande bien ce qu'il venait faire chez les Vautier ? Je ne serais pas surprise, vu sa façon de procéder, qu'il ait réellement un lien avec la police. Et si c'est le cas, crois-moi, on risque d'en entendre parler. Mais, attends deux secondes ! Qu'est-ce que c'est que ça ?

Alex est interloquée par sa trouvaille. Comment David a-t-il pu réussir à passer à côté ?

- Bon Dieu David ! Regarde ce que je viens de trouver près de l'entrée du salon ! Il était par terre. Ce n'est pas possible ! Il faut vraiment que tu aies de la merde dans les yeux pour que tu ne l'aies pas remarqué !

- Mais de quoi tu parles ?

-        Oh, de trois fois rien ! Simplement d'un faire-part de décès au nom de Julien Vautier !

13

« *Nous avons le regret de vous informer que pour une raison indépendante de notre volonté, la gendarmerie de Baisieux sera fermée à l'accueil du public jusqu'au lundi 25 mai.*

En cas d'urgence, nous vous invitons à vous rapprocher de la gendarmerie de Cysoing, située au 1159, rue Jean Baptiste Lebas.

Si vous souhaitez signaler des faits qui ne constituent pas une infraction, veuillez envoyer un courriel à l'adresse suivante : http://www.contacterlagendarmerie.fr/

Merci de votre compréhension ! »

- Et puis zut ! On est venus pour rien ! Bon, je n'ai pas spécialement envie de pousser jusqu'à Cysoing. C'est à vingt minutes. Il n'y a plus qu'à rentrer ! La matinée est déjà bien avancée. Euh, si vous n'avez rien de spécial à faire, on pourrait peut-être manger ensemble ce midi, si ça vous dit ?

- Je ne voudrais pas vous déranger ! Et puis, je me suis déjà imposé hier, alors…

- Vous ne me dérangez pas ! Je n'ai pas envie de manger seule et votre présence me rassurerait. Après tout, nous subissons tous les deux les conséquences du même événement !

- Bon d'accord ! Mais vous ne préparez rien. On s'arrête à une friterie et on ramène le tout chez vous !

- Ok, mais tu me tutoies à partir de maintenant. Après tout, manger une frite avec un quasi-inconnu n'est pas anodin ! Je plaisante ! Je ne veux surtout pas te mettre mal à l'aise.

- Vous avez raison ! Euh non, tu as raison ! C'est vrai que le tutoiement est plus pratique. Mais dis-moi, je réalise un truc. J'espère que la « raison indépendante de notre volonté » ne faisait pas allusion à un virus, avec tout ce qui traine en ce moment. Hier la gendarmerie était encore ouverte ; les deux gendarmes qui se sont déplacés pour ton colis étaient peut-être contagieux ?

- Mais dis donc, tu es un anxieux, toi ! ne peut-elle s'empêcher de répliquer sur un ton moqueur. Si tu veux tout savoir, c'est le cadet de mes soucis, car la fermeture de la gendarmerie ne m'arrange pas. Je vais devoir repartir avec l'ordi et les aveux de Julien ! J'aurais tout de même bien aimé leur montrer tout ça, pour en finir avec cette histoire de menaces et être enfin tranquille. D'autant que cela me rassurerait d'être certaine que les gendarmes ne traitent pas ma plainte par-dessus la jambe !

- C'est sûr qu'à ce stade, cela pourrait être simplement une mauvaise blague ou la réaction d'un voisin irascible !

- Pas avec le passif que traine Julien et la carte qui accompagnait la balle ! Et puis je ne vais quand même pas simuler un cambriolage chez moi pour avoir une chance d'être prise au sérieux !

*

Michel émerge lentement du coup qu'il a reçu. Il en sera quitte pour une grosse bosse et un mal de tête. Une légère entaille a laissé un peu de sang sur le parquet, néanmoins il ne saigne déjà plus. Il s'en tire bien !

Il doit prévenir sa compagne, et ensuite Stéphanie. Cette dernière doit rentrer chez elle au plus vite ; alerter la gendarmerie attendra. De toute façon, il serait bien en peine d'indiquer ce qui a disparu. Il ne connait pas suffisamment la maison et ce qu'elle contient pour cela !

En ancien flic, il a le réflexe de sortir dans la cour pour éviter de laisser partout ses empreintes. Encore à moitié étourdi, il tente de rassembler ses esprits.

À ce stade, il a une certitude. Les cambrioleurs étaient au moins au nombre de deux, et selon toute vraisemblance, il s'agissait d'un couple. Il est presque sûr d'avoir aperçu des chaussures de femme avant de s'évanouir. Des espèces de ballerines blanches avec des motifs floraux dessus. Pour l'autre voleur, ses souvenirs sont plus précis, même s'il ne l'a aperçu que de dos. Il revoit quelqu'un d'assez grand et corpulent. Ce n'était pas une carrure féminine, il en donnerait sa main à couper. L'individu était en tenue de jogging et portait une casquette et des gants.

Voilà qui ne va pas faciliter l'enquête. En y réfléchissant, il est persuadé avoir eu affaire à des pros qui n'étaient pas là par hasard. Il serait d'ailleurs étonnant qu'ils aient abandonné sur place le moindre indice permettant de les identifier. Que voulaient-ils ? Vu le désordre qu'ils ont laissé : quelque chose de bien précis ! Sinon, pourquoi auraient-ils vidé aussi méticuleusement les placards et les tiroirs des pièces qu'ils visitaient ?

Plus Michel y pense et plus il se dit qu'il y a un lien avec les menaces reçues la veille par Stéphanie. Ils cherchaient quelque chose de bien particulier en lien avec les manigances de Julien. Mais quoi ? Si son collègue de travail a reçu un acompte important, comme il le suppose, et qu'il n'a pas rempli sa part du contrat du fait de sa mort prématurée, il y a fort à parier pour qu'ils veuillent récupérer leur dû. Les morceaux de programme promis ? Cela serait logique ! Et à part sur un disque dur d'ordinateur ou une clé USB, il ne voit pas très bien où ils pourraient se trouver !

Mais d'abord, il doit appeler sa compagne !

- Allo ! Sidonie ?

- Oui, qui veux-tu que ce soit ? Écoute, je suis en train de donner le bain à Léo ! Est-ce que je peux te rappeler ?

- Non, pas vraiment, je suis chez ton amie et il faut que je te parle : j'ai un gros problème !

- Attends ! Reste en ligne !

Un bruit d'éclaboussures, quelques pleurs de Léo qui vraisemblablement n'apprécie pas qu'on le sorte de l'eau, quelques secondes supplémentaires, puis à nouveau la voix de Sidonie :

- Voilà, je t'écoute ! Désolée pour le ton que j'ai pris en décrochant, j'étais en train de le savonner, mais maintenant ça va, il est emmitouflé dans son peignoir et je l'ai dans les bras !

- Comme je t'en ai parlé ce matin, je me suis rendu chez Stéphanie. Elle n'était pas chez elle, mais je suis tombé en plein milieu d'un cambriolage.

- Quoi ! Et ça va ? Tu n'as rien ?

- Oui, ça va ! À part une bosse, une petite entaille sur la tête et une blessure d'amour propre !

- Tu l'as mise au courant ?

- Non, pas encore, mais je ne crois pas avoir son numéro ! Tu ne pourrais pas t'en charger ?

- Oui, ne t'en fais pas, je m'en occupe ! Tu veux que je te rejoigne ?

- Non, pas tout de suite ! Peut-être plus tard ! Pour l'instant, je vais essayer de me débrouiller seul. Une chose est certaine : quand elle va voir la pagaille dans la maison, elle va avoir besoin d'aide. Et aussi d'une protection ! Ton amie est en danger, tout comme ses enfants !

*

Alex et David ont réintégré séparément leur appartement du centre-ville de Lille, sonnés par ce qu'ils viennent d'apprendre. Comment auraient-ils pu deviner le décès de Julien Vautier ? Leur commanditaire aurait pu prendre le temps de se renseigner avant de les envoyer menacer un mort ! Dans ces circonstances, il n'est pas étonnant que la balle n'ait suscité aucune réaction de l'intéressé !

Alex est furieuse. Ce Dupont est un amateur et elle n'aime pas gaspiller son talent avec ce genre d'individu. À cause de lui, ils ont pris des risques inutiles. Comment ce guignol a-t-il pu passer à côté d'une information aussi capitale ?

Elle doit absolument le contacter pour lui dire sa façon de penser. Elle préfère tout arrêter. Qu'il leur donne ce qu'il doit encore et c'est fini : elle ne veut plus en entendre parler !

D'abord prendre rendez-vous pour lui remettre les ordinateurs et récupérer l'argent, elle avisera ensuite. Elle serait quand même curieuse de savoir comment il va réagir en apprenant la nouvelle !

Dans l'immédiat se pose un problème plus épineux. Pour la première fois depuis le début de leur petite entreprise, quelqu'un les a surpris en pleine action. Elle ignore ce qu'il a vu, mais elle ne veut prendre aucun risque. Elle l'a détaillé après l'avoir assommé et sera capable de le reconnaitre. De taille supérieure à la moyenne et athlétique, c'est manifestement quelqu'un qui entretient son corps. Elle le qualifierait même de beau gosse. Élément troublant : il est venu chez les Vautier et il est entré sans frapper. C'est donc un familier des lieux. Il suffira d'observer une surveillance discrète de l'habitation pour le surprendre.

Reste le type qu'ils ont confondu à tort avec Julien Vautier. À coup sûr, l'amant de la veuve ! Sa corpulence correspond étrangement à celui de l'homme qui est intervenu durant le cambriolage. Se pourrait-il que ce soit le même ? Elle l'a vu de loin ou de dos, mais cela ne serait pas impossible !

14

En voyant l'état dans lequel se trouve sa maison, Stéphanie craque. Trop de pression accumulée depuis la mort de Julien. Son décès, la découverte de ses errements, les menaces et maintenant un cambriolage ! Quand ce cauchemar va-t-il prendre fin ?

Compte tenu de son état d'abattement, Michel préfère affirmer qu'il a découvert les choses en l'état à son arrivée. Un peu par lâcheté, beaucoup par compassion. Stéphanie s'étonne du bleu et de l'entaille sur son front. Il s'en tire par une pirouette en évoquant une chute.

Stéphanie est naturellement encline comme lui à penser que les voleurs recherchaient quelque chose de bien précis. Quelque chose qui pourrait avoir un lien avec les agissements de son époux. En attendant la venue des forces de l'ordre, elle préfère demeurer à l'extérieur de chez elle. Même si elle ne croit pas en l'existence d'indices - c'est l'ancien policier qui le premier a émis un doute en évoquant l'œuvre de spécialistes -, elle veut donner à l'enquête le maximum de chance d'aboutir !

Le peu qu'elle est parvenue à distinguer à l'intérieur de son habitation lui a fait un choc. Par la fenêtre de la cuisine, elle a eu un aperçu de ce qui l'attendait dans les autres pièces. Michel et Olivier l'ont rassurée comme ils le pouvaient.

Ils l'aideront à remettre tout en place dès que les gendarmes seront intervenus. Il s'agit essentiellement de désordre. Il n'y a pas beaucoup de dégradations, d'après ce qu'en a vu le compagnon de Sidonie. Au pire, quelques serrures forcées comme celle de la porte d'entrée. Et encore pour cette dernière, il s'agit du travail d'un professionnel, tant il faut l'examiner sous toutes les coutures pour s'en rendre compte.

Assis sur un banc devant la maison, tous les trois partagent les généreuses portions de frites et les saucisses achetées par Olivier. La convivialité du moment, accentuée par le chant des oiseaux et les rayons du soleil, contribue à apaiser la propriétaire des lieux. La température est clémente, et pour un peu, ils en oublieraient presque les circonstances qui les amènent à partager leur repas. Les deux hommes font connaissance et la femme de Julien s'amuse de leur ressemblance physique :

- C'est curieux ! Olivier m'avait rappelé quelqu'un quand je l'ai vu pour la première fois. Sur le moment, je n'avais pas opéré le rapprochement avec Michel. En revanche, maintenant que je vous vois tous les deux côte à côte, c'est fou ! Même corpulence, même démarche, même taille. Si vous n'aviez pas une quinzaine d'années d'écart, on pourrait vous confondre ! Vous êtes sûrs que vous n'avez pas un lien de parenté ?

- Pas à ce que j'en sais ! Mais je le reconnais, c'est vrai qu'on se ressemble un peu ! D'ailleurs Olivier, tu me rappelleras d'éviter de te présenter à Sidonie. Il ne manquerait plus qu'elle te prenne pour moi !

Michel sent alors qu'il est temps d'évoquer le sujet d'inquiétude qui l'obsède depuis qu'il est revenu à lui. Il se doit aussi de rétablir la vérité.

- Bon, désolé de casser l'ambiance mais je dois te parler de quelque chose qui m'est venu à l'esprit, Stéphanie…

- Oh là, là ! Tu me fais peur ! Il y a encore quelque chose que je ne sais pas ?

- Euh d'abord, j'ai un peu édulcoré ce qui m'est arrivé. Je ne suis pas arrivé sur les lieux après, mais pendant le cambriolage !

- Quoi ! Mais pourquoi m'as-tu caché la vérité ? Et ils t'ont agressé ? C'était donc ça le bleu et l'entaille sur ton front ! Tu m'as menti. Ce n'était pas la conséquence d'une chute !

- Je ne voulais pas ajouter au choc du cambriolage, et rassure-toi, à part ces petits bobos, je n'ai rien ! Mais ce n'est pas ça le problème. Pour aller à la gendarmerie, tu avais emmené avec toi la confession écrite de Julien et le PC qui contient les preuves des malversations. Je suis donc convaincu qu'ils n'ont pas trouvé ce qu'ils cherchaient. Tu verras dans la maison, il manquera sans doute les autres portables et quelques objets destinés à faire croire à un cambriolage. Je suis presque sûr de ne pas me tromper. Cela veut dire qu'ils vont revenir ! Le temps que quelqu'un casse les codes d'accès et s'aperçoive que les ordinateurs ne contiennent rien d'intéressant, et ils seront à nouveau là !

- Quoi ! Tu veux dire que…

- Oui, qu'ils ne vont reculer devant rien pour obtenir ce qu'ils veulent ! Et que pour résumer, vous courez toi et les enfants un grave danger !

*

Thibault a du mal à avaler la pilule. Trois fois qu'il essaie de joindre Laurence. Trois fois qu'elle ne décroche pas. Toujours et encore la messagerie !

Il a commis une erreur. C'est un fait. Il n'aurait pas dû s'approcher de son domicile. Mais de là à refuser de lui parler ! Il tient à elle. Ce n'est pas possible de l'écarter sur un simple malentendu ! Elle ne peut pas décider de mettre fin à leur histoire d'amour pour un motif aussi futile !

Mais que peut-elle bien lui trouver de plus ? Elle a avoué qu'avec lui au lit ce n'était plus ça. De son côté, il n'a pas rêvé le plaisir intense qu'elle a ressenti lors de leurs retrouvailles. L'appartement en désordre est encore là pour en témoigner. En plus, ne lui a-t-elle pas raconté que son conjoint s'était rapproché de la veuve du conducteur tué ? Au moins si ces deux-là pouvaient se mettre ensemble, cela réglerait définitivement son problème !

En songeant à cela, il lui vient une idée. Visiblement, Laurence est perturbée. L'état de son mari la préoccupe à tel point qu'elle ne se sent plus capable d'assumer une liaison extra-conjugale. Pourquoi n'essaierait-il pas de lui ouvrir les yeux ? En ce moment, il ne la sent pas réceptive. La veille au soir, quand elle a quitté son appartement en colère, elle ne l'écoutait déjà plus. Il doit donc trouver l'occasion et l'endroit adéquat pour montrer à Laurence qu'Olivier n'est pas l'homme qui lui faut.

Mais avant cela, il s'agit de trouver des preuves. Des preuves que son mari n'est pas celui qu'elle croit et qu'il n'est pas aussi désemparé qu'il en a l'air. Jusqu'à présent, elle a toujours justifié le fait qu'elle ne le quittait pas à cause d'une personnalité fragile. Quelle vaste blague ! Cet enfoiré a toujours utilisé sciemment sa supposée faiblesse pour la retenir. C'est évident ! Ah si seulement il parvenait à démontrer qu'il y a plus que de l'empathie entre Olivier et cette femme...

À y réfléchir, sa profession devrait pouvoir l'y aider. En tant que journaliste d'un quotidien régional, il dispose d'une certaine souplesse dans l'organisation de ses journées. Il pourrait suivre Olivier et l'épier quand il part retrouver la veuve. De par son métier, il a l'équipement pour le surprendre. Un simple baiser, mis en relief par une photo, suffirait à jeter le discrédit sur lui. Il y a là une piste à creuser et Thibault n'est pas prêt à renoncer à celle qu'il aime sans réagir !

*

Alex est dans un café-restaurant. Elle a rendez-vous avec monsieur Dupont. Elle est venue seule. Elle préfère gérer sans David les relations avec les sociétés ou les particuliers qui ont recours à leurs services, et pour la première fois, elle s'apprête à déroger à la sacro-sainte règle qu'ils se sont fixée : pas de contacts directs avec les commanditaires ! Pourtant sur cette affaire, elle n'a pas vraiment eu le choix. Il ne leur était jamais arrivé de devoir exercer des menaces sur un mort !

Il arrive après elle. C'est la première fois qu'elle le voit. Jusqu'à présent, tous leurs contacts étaient téléphoniques. Son visage est en partie masqué par des lunettes de soleil, mais elle se sent capable de le reconnaitre si elle le croise de nouveau. Une cicatrice caractéristique en forme de L, visible au niveau du menton, le rend facilement identifiable. Un signe distinctif qui passe difficilement inaperçu.

Dans un premier temps, il ne la croit pas et elle doit lui placer le faire-part de décès devant les yeux pour qu'il admette l'irréfutable : la mort de Julien Vautier !

Elle se délecte de son hésitation. Elle le sent troublé. Elle lui remet discrètement dans une sacoche les deux ordinateurs prélevés dans le domicile des Vautier. Il ne prend pas la peine d'en vérifier le contenu, révélant un manque flagrant de professionnalisme. Alex en profite pour lui réclamer le solde des honoraires qu'elle a personnellement négociés.

- Maintenant que vous avez eu ce que vous voulez, nous aimerions toucher ce que vous nous devez encore !

- Vous avez rempli votre part du contrat, je donnerai les instructions pour effectuer le virement dès que je serai certain que vous avez récupéré le bon PC. Je mets notre spécialiste dessus au plus vite ! J'espère que les codes de déverrouillage ne seront pas trop difficiles à casser. Dès demain, vous aurez de mes nouvelles et je vous dirai alors ce qu'il en est !

- Et pour l'acompte que vous avez versé à Julien Vautier, on laisse tomber ?

En posant la question, Alex veut surtout la confirmation que leur mission est terminée. Faire pression sur une veuve pour recouvrer de l'argent ne la motive que modérément. Et puis, elle n'est même pas convaincue que la femme soit au courant des agissements de son mari.

- Je verrai bien ce qu'il y a sur les ordinateurs ! La mort de Julien Vautier change tout. J'ai bon espoir que le travail pour lequel j'ai versé un acompte est sur l'un des disques durs !

- Ok, dans ce cas on attend vos instructions ! Et surtout, la prochaine fois que vous avez une mission à nous confier, pensez à consulter les avis de décès !

Sur cette dernière remarque, d'un mépris à peine voilé, Alex se lève et sort du café sans se préoccuper de l'addition. Il lui doit au moins ça. Elle ne tient pas non plus à ce qu'on la voie trop longtemps avec son commanditaire. Elle ne se donne pas la peine de le saluer. Ce n'est pas une coutume dans le métier. En plus, elle déteste l'amateurisme de l'homme et n'a aucune confiance en lui, en dépit de ses moyens financiers et du grand groupe qu'elle suppose être derrière. De toute façon, pour ce qu'elle envisage maintenant, il n'a pas besoin d'être au courant. Moins ce type en saura, mieux ce sera pour eux. Elle connait trop par expérience les risques à travailler avec quelqu'un qui ne maitrise pas la situation.

À cet instant, monsieur Dupont est déjà passé au second plan. Alex est préoccupée par autre chose. Quelqu'un les a vus pendant le cambriolage. Ils doivent y remédier au plus vite. Il en va de la pérennité de leur petite entreprise ! Ils n'ont plus droit à l'erreur. Elle doit préparer minutieusement l'opération. David se reposera sur elle et elle ne peut se permettre de le mettre en danger !

Même si habituellement ils recourent rarement à des solutions extrêmes, elle sent qu'elle n'a guère d'autres solutions pour régler définitivement le problème. « L'accident » est le mode opératoire qu'elle a jusqu'à présent privilégié. On ne change pas une méthode qui a fait ses preuves !

15

Laurence est rentrée du travail et a trouvé la maison vide. Aucune trace d'Olivier. Elle avait bien tenté de le joindre à plusieurs reprises dans la journée mais son portable était toujours sur messagerie. Elle avait alors dû se résoudre à lui laisser des messages auxquels il n'avait pas répondu.

Elle ne reconnait plus son mari. Ce n'est pas la première fois qu'ils se disputent, mais pas aussi longtemps. Son silence n'est pas normal. D'accord, elle est partie hier en le laissant seul, mais de là à disparaitre et à ne plus donner signe de vie. Elle essaie de se remémorer leur soirée de la veille. Elle se voit prendre son manteau, ouvrir la porte en annonçant à Olivier qu'elle sort prendre l'air, marcher quelques mètres et... monter dans la voiture de Thibault ! Se pourrait-il qu'il ait aperçu quelque chose à ce moment-là ? Et si c'est cela...

Mais oui ! C'est ce qui a dû se produire : il a voulu la retenir, il s'est précipité vers la porte et l'a vue s'engouffrer dans le véhicule d'un homme ! Et il s'est imaginé dès lors qu'elle avait tout prémédité pour retrouver son amant ! Elle comprend mieux son absence et ses silences ! Si elle ne se trompe pas, il doit vraiment être fâché. Et dans ce cas, qu'elle ne réussisse pas à lui parler n'est guère surprenant.

Ding ! Un texto vient d'arriver sur son smartphone. Se pourrait-il que... Oui, c'est lui ! Son prénom est suivi de quelques mots laconiques : « *Je rentre ! Il faut qu'on s'explique !* ».

Elle est rassurée. Elle aura au moins l'occasion d'avoir une discussion avec lui en face à face ! Pourtant, en réfléchissant à ce qu'elle va dire, elle se sent moins sûre d'elle. Lui avouer sa liaison ou trouver une excuse foireuse ?

Laurence ne l'ignore pas, elle est loin d'être irréprochable, mais lui de son côté, où a-t-il bien pu trainer toute la nuit ? Elle serait curieuse de le savoir ! Il n'a pas dormi à la maison, elle en est certaine, mais alors où ? Elle se le représente bien à réconforter la veuve éplorée avec des mots doux et des caresses pour trouver un exutoire à sa propre détresse. Des petites attentions dont son mari la prive depuis maintenant plusieurs semaines !

La femme d'Olivier en arrive à être jalouse, alors qu'elle était encore dans les bras de son amant, il y a peu. Elle va devoir être patiente si elle veut sauver son couple, et d'abord, prendre le temps d'écouter ce qu'il a à lui dire ! Elle sait déjà que cela sera difficile, tant elle s'est habituée à monopoliser la parole quand ils ne sont que deux. Pourtant, elle est convaincue que si elle le laisse parler en premier, elle aura ensuite un avantage pour trouver les bons arguments afin de masquer son infidélité. Et plus elle pèse le pour et le contre, plus elle se persuade qu'elle doit cacher l'existence de Thibault ! Avec une mauvaise foi évidente, elle se dit aussi que c'est une absence de quelques heures qu'elle sera amenée à justifier, et pas une disparition de toute une nuit comme lui !

*

Stéphanie est déçue. Deux gendarmes sont venus. Ils l'ont interrogée brièvement, ont fait quelques photos et lui ont demandé de rédiger, si possible pour demain, un inventaire des objets volés. La fermeture de la gendarmerie de Baisieux leur génère un surcroît de travail dans une période où se multiplient les cambriolages. Elle devra se rendre à Baisieux dès la réouverture pour finaliser sa déposition.

Mais ce sont surtout les dernières paroles des forces de l'ordre qui lui sont restées en travers de la gorge :

« Non, on ne fait pas venir la police scientifique pour si peu. Il serait d'ailleurs étonnant qu'on trouve dans votre maison des empreintes ou des indices exploitables. Personne ne vous en veut, madame, c'est un simple cambriolage et il y en a beaucoup dans la région en ce moment ! Vous devriez être contente, il n'y a pas de dégradations volontaires comme on en voit parfois, mais simplement un peu de désordre… ».

Résignée, elle ne leur a pas parlé des menaces dont elle a fait l'objet, ni des pratiques douteuses de son mari qui pourraient en être à l'origine. À quoi cela aurait-il servi ? Les deux militaires avaient déjà le jour même réalisé une intervention similaire dans la commune. Selon eux, de toute évidence liée aux mêmes voleurs !

Elle a donc conservé l'ordinateur et la confession qui incriminent son époux.

Pendant toute la durée de l'opération, Michel est demeuré en retrait. Il n'a pas évoqué avec eux son ancien métier. Entre policiers et gendarmes, une vieille rivalité persiste et il n'avait pas envie de l'alimenter. Cela n'aurait pas davantage fait progresser l'enquête. Il reste cependant convaincu que Stéphanie est en danger, tout en ne voyant pas comment il pourrait la protéger efficacement.

Olivier a dû partir. Un problème familial à régler, à ce qu'il a vaguement expliqué. Vu la tête qu'il avait en les quittant, cela devait être sérieux.

Michel est désormais seul avec la femme de Julien. Les ados ne devraient plus tarder à rentrer du lycée. Sidonie doit également bientôt les rejoindre à Camphin avec Léo. Ils décideront alors ensemble de ce qu'il faudra envisager de faire !

L'ancien flic a incité Stéphanie à expliquer la situation à ses garçons. Ils sont suffisamment grands pour comprendre. Elle ne peut plus leur dissimuler la réalité des faits. Leur père les aime, mais il a fait n'importe quoi pour assouvir sa passion de la BD. Ils doivent savoir !

Quand Stéphanie a vu le contenu des tiroirs et des armoires renversé sur le sol, elle a éclaté en sanglots. Le choc de découvrir l'intimité de sa famille violée. Depuis, elle s'est ressaisie et regrette surtout d'avoir attendu le passage des gendarmes pour débuter le rangement. Elle identifie rapidement ce qui manque dans la maison : un tableau sans valeur peint par un parent, un bronze offert par un ami, quelques bijoux fantaisie et surtout les deux ordinateurs du bureau de Julien qu'elle n'avait pas emportés avec elle.

Au moment où Sidonie arrive, suivie de peu par les garçons, Stéphanie termine avec Michel de remettre en place la cuisine. Les nouveaux arrivants sont stupéfaits et choqués par l'ampleur du désordre. Louis surtout. Sa mère le sent au bord des larmes. La mort de son père et maintenant des inconnus qui s'attaquent à sa famille. Cela commence à faire beaucoup. Thomas, voyant son désarroi, l'entraine à l'étage. Stéphanie est soulagée de s'apercevoir qu'elle peut compter sur lui pour l'épauler. Sans plus un mot, les ados filent dans leurs chambres pour y mesurer les dégâts, tandis que les deux femmes s'attaquent au salon. Michel préfère les laisser se débrouiller seules et s'occuper de Léo qui réclame son biberon.

Une quinzaine de minutes plus tard, le bébé repu gazouille dans les bras de son père, indifférent à l'agitation qui règne autour de lui. Stéphanie et son amie s'activent dans le bureau, la pièce la plus en désordre du foyer. L'endroit a été méticuleusement fouillé. C'est visiblement là que les voleurs espéraient trouver ce qu'ils cherchaient ! Curieusement, en dépit de leur valeur, les cadres avec les planches originales de Tintin ont été épargnés et sont restés accrochés sagement au mur. Ils ne venaient donc pas pour ça et n'étaient pas motivés par l'argent. C'est vraisemblable, ou alors tout simplement, ils ignoraient la cote de Hergé, ce qui est également possible.

Le contenu des dossiers éparpillés sur le tapis scandalise Sidonie. Elle imagine quel aurait été son état d'esprit dans une situation identique. En apercevant quelques gouttes du sang de son compagnon à même le plancher, elle frissonne. Elle réalise alors la chance qu'il a eue. Il a quand même été frappé avec ce qu'il soupçonne être une batte de baseball. Dans ces conditions, s'en tirer avec un bleu et une simple entaille relève du miracle. Elle mesure à cet instant la détermination des cambrioleurs, qui n'ont pas hésité une seule seconde à agresser un homme au seul motif qu'ils se sentaient menacés.

Michel, en essayant d'endormir Léo, est dans le même état d'esprit. Il se demande comment il pourra assurer la sécurité de Stéphanie et des enfants.

Il doit reprendre le travail demain. Une solution à court terme consisterait à ce qu'il passe la nuit chez elle à Camphin ; il craint néanmoins que cette proposition ne la mette mal à l'aise. Il pourrait aussi offrir, après en avoir parlé à Sidonie, d'héberger toute la petite famille à Roubaix. Mais avec un bébé qui pleure encore parfois la nuit et un appartement de taille réduite, cela risquerait de ne pas être une si bonne idée. Surtout si le séjour était amené à se prolonger.

Même s'il reste convaincu que la soirée sera tranquille, le danger est toujours présent. La facilité avec laquelle ils se sont introduits dans l'habitation est là pour en témoigner ! Le serrurier appelé par Stéphanie n'est pas encore intervenu. À n'en pas douter, elle va vouloir l'attendre. Après, il la persuadera, elle et ses enfants, de dormir à l'hôtel, le temps qu'il trouve une solution définitive pour écarter les menaces qui pèsent sur la famille !

16

Olivier est rentré sans prononcer un seul mot. Il s'est dirigé vers le salon et s'est assis sur le canapé, face à la télé. Déconcertée, sa femme l'a suivi en silence.

Elle est désireuse de le laisser parler en premier. Elle appréhende ce qu'il a pu voir. Prévoyante, elle a déjà préparé ce qu'elle lui dirait s'il évoquait Thibault. Elle s'assoit dans un fauteuil face à lui. Leurs yeux se croisent rapidement. La tension est palpable. Le tic-tac obsédant de l'horloge de la cuisine est le seul son perceptible dans leur petite habitation de Carvin. Les secondes s'égrènent, obsédantes, sans qu'une seule parole soit échangée.

Laurence ne tient plus, et après un instant qui lui parait une éternité, rompt l'engagement qu'elle s'était fixé. Elle aborde sans détour le sujet qui lui tient à cœur :

- Où as-tu passé la nuit ? Je t'ai attendu pendant toute la soirée et tu n'es pas rentré ! Et je ne te demande même pas ce que tu as fait durant toute la journée !

Olivier ne répond pas tout de suite. Il la fixe et elle se rend compte alors qu'il est au bord des larmes. Elle l'imaginait fort, et pour la deuxième fois depuis l'accident, elle perçoit sa fragilité. Une fragilité, qu'il y a encore peu, elle n'aurait pas cru possible émanant de son homme. Que lui arrive-t-il ? Elle ne le reconnait plus.

Son mari, après avoir tardé à lui répondre, la surprend alors, en entrant directement dans le vif du sujet. Dès ses premiers mots, elle comprend qu'elle devra se montrer convaincante.

- Mes dernières vingt-quatre heures ont été éprouvantes, mais ce n'est pas ça le plus important. À moi de te poser une unique question : as-tu un amant ?

- N'importe quoi ! Tu réalises au moins ce que tu dis ? Tu crois que je n'ai pas déjà assez de travail à devoir m'occuper de toi comme d'un enfant, sans avoir en plus à gérer un amant ?

Olivier ne réagit pas à l'allusion à peine voilée. Ces derniers temps, sa femme l'infantilise de plus en plus et il le supporte de moins en moins. D'accord, il a eu un traumatisme, pourtant si elle prenait la peine de l'écouter, elle s'apercevrait que ça va mieux depuis quelques jours. En fait, depuis qu'il a rencontré Stéphanie, ce qu'il peut difficilement lui avouer ! Non, ce qui le gêne le plus dans ses propos est ce rappel insidieux au fait qu'ils n'aient pas d'enfants. Il est stérile, comme plusieurs examens l'ont confirmé. Et alors ? Est-ce une raison pour remuer le couteau dans la plaie, comme à chaque fois qu'ils se disputent ?

- Je suppose que, dans ce cas, tu vas me dire que l'homme qui conduisait la voiture dans laquelle tu es montée hier, après être sortie, était simplement un collègue ou un ami qui passait à l'improviste ?

- Ah ! tu m'espionnes maintenant ! Eh bien oui, c'était quelqu'un que je connaissais qui a proposé de me déposer à la supérette. Au début, je pensais y aller à pied pour marcher un peu, et puis en regardant l'heure, je me suis aperçue que j'étais un peu juste pour y arriver avant la fermeture, alors quand il me l'a proposé, j'ai accepté ! Tu m'avais énervée, si tu te souviens bien ! En plus, ça m'évitait d'avoir à retourner chercher les clés de la voiture. Et toi, tu ne m'as toujours pas dit ce que tu avais fait durant la nuit ? Je n'ai été absente qu'une heure, et quand je suis revenue, tu étais déjà parti !

En mentant volontairement à son mari sur la durée de son absence, Laurence sait qu'elle ne risque pas grand-chose, tant elle est persuadée qu'Olivier n'a pas attendu aussi longtemps pour quitter la maison !

Elle n'a pas tort. En entendant la réponse de sa femme, le quinquagénaire se dégonfle comme une baudruche. Il ne s'étonne même pas que celle-ci ait pris la décision brutale de faire des courses, sans même se munir d'un sac à provisions. Il ne retient qu'une chose : quelle excuse va-t-il bien pouvoir utiliser pour expliquer qu'il a dormi nu cette nuit dans le lit d'un autre homme ? Même en tout bien tout honneur !

- Je suis allé boire un coup à Lille, si tu veux tout savoir ! J'espérais retrouver des potes dans un bar, mais aucun d'entre eux ne s'y trouvait. Après quelques verres, j'ai réalisé que j'avais un peu trop bu et j'ai préféré dormir à l'hôtel plutôt que de me risquer à reprendre le volant ! Je ne t'ai pas appelée parce que je ne pensais pas que tu serais rentrée. Et d'ailleurs, tu n'as pas non plus essayé de me joindre hier soir, je te signale !

Laurence n'est pas dupe. Olivier ne lui a révélé qu'une partie de la vérité. À ce jeu de poker menteur, ils sentent tous les deux qu'il est temps de marquer une pause. Les torts sont des deux côtés. À quoi cela servirait-il d'insister pour en savoir plus, si ce n'est à mettre leur couple en danger ?

C'est Olivier qui fait le premier pas en attirant sa femme à lui. Trop fatigué, il n'a pas envie de poursuivre les hostilités. Ce soir, il a envie de la croire ! Son amour pour elle demeure, même s'il lui pardonne difficilement d'avoir remis sur le tapis, de façon détournée, son incapacité d'avoir des enfants !

Alors ce soir, pour évacuer la tension entre eux, il préparera un repas en cuisinant un plat qu'elle adore. Plus tard, il anticipe déjà qu'ils feront l'amour avec fougue. Après deux semaines d'abstinence, ils en auront besoin autant physiquement que moralement. Ils s'endormiront ensuite apaisés, chacun de leur côté du lit. Leur sommeil sera peuplé de rêves où ils revivront peut-être les événements de la journée.

Il ignore alors à quoi rêvera Laurence. En revanche, lui pressent déjà que le visage de Stéphanie s'imposera naturellement aussitôt qu'il fermera les yeux !

∗

Alex est allongée nue sur son lit dans l'appartement du centre-ville de Lille que le duo possède maintenant depuis deux ans. Elle est enfin parvenue à se détendre. En rentrant, elle avait besoin de sexe pour évacuer son stress et David ne s'est pas fait prier. Elle a joui rapidement, mais avec intensité, et elle voit maintenant les choses avec plus de discernement. Elle a besoin d'être dans cet état d'esprit dès qu'il s'agit de préparer une nouvelle opération.

Elle a été contactée par une société qui désire décourager un concurrent dans une procédure d'appel d'offres. Un contrat bien payé. Très bien même. Elle voudrait donc tourner la page de l'affaire Vautier et prendre ses distances avec ce monsieur Dupont dont elle se méfie de plus en plus.

Mais avant, elle doit s'assurer que leur petite entreprise n'est pas menacée. L'homme qui a failli surprendre David pose un problème et elle doit s'en occuper. Comment ? Elle l'ignore encore et elle donnerait cher pour savoir ce qu'il a vu exactement !

Quand elle y réfléchit, elle se demande pourtant si elle ne s'est pas inquiétée un peu vite. Son partenaire était de dos, et en ce qui la concerne, elle est certaine que son visiteur surprise n'a pas eu le temps de l'apercevoir. Selon toute vraisemblance, le type n'a pas compris non plus qu'il avait affaire à une femme au moment où elle l'a assommé, et encore moins qu'ils n'étaient que deux sur le cambriolage ! Elle loue les talents d'amant de David qui lui permettent maintenant d'avoir une vision plus claire de la situation.

Et sa lucidité retrouvée l'oriente vers une autre piste. La priorité ne serait-elle pas d'abord d'obtenir le règlement du solde sur ce contrat ? Pourquoi devraient-ils attendre la vérification des ordinateurs ? Ils ont accompli tous les deux ce qu'on attendait d'eux ! Et puis surtout, retourner à Camphin ne lui dit rien. Ils s'y sont déjà rendus deux fois, c'est beaucoup ! Ils vont finir par être repérés en dépit des précautions qu'ils prennent !

Mais Alex pense aussi à leur réputation et à leur crédibilité auprès de futurs employeurs. Si monsieur Dupont n'est pas satisfait parce qu'il n'a pas obtenu les bonnes infos, cela pourrait leur générer une contre-publicité et les conduire à perdre des marchés, dans un secteur où le bouche-à-oreille est un facteur à ne pas négliger. À part attendre le résultat de l'examen des portables, ils n'ont pas vraiment d'autres choix !

Alex en est toujours à hésiter sur la conduite à tenir quand la sonnerie de son smartphone l'informe de l'appel de son commanditaire. Sans préambule, ce dernier entre dans le vif du sujet :

- Bon, mon expert a pu rapidement examiner ce que les bécanes contenaient comme infos. Les codes n'étaient pas trop difficiles à casser. Désolé de vous décevoir, mais il n'y avait rien d'intéressant enregistré sur les disques durs. Il y en avait bien un portable utilisé à des fins professionnelles mais il ne contenait pas les bons programmes.

- Ce qui veut dire ?

- Que vous allez retourner dès demain chez la veuve pour mettre la main sur l'ordinateur qui m'intéresse ! Celui sur lequel Julien Vautier a sauvegardé le moteur du jeu. La pièce maitresse, celle sans laquelle tout ce qu'il a fourni auparavant ne vaut rien ! Ah oui, et vous en profiterez aussi pour vérifier que le type n'a pas écrit quelque chose qui pourrait ressembler à des aveux ! Car avec lui, on ne sait jamais ! Je veux être certain qu'il n'a pas conservé un dossier qui implique la société pour laquelle je travaille.

17

Michel se prépare pour aller travailler. Sidonie est encore plongée dans le sommeil. Léo ne les a pas épargnés en se réveillant plusieurs fois durant la nuit.

La jeune femme s'est rendormie depuis moins d'une heure. En s'habillant, il l'observe avec une bouffée de tendresse. Il la serrerait bien dans ses bras, mais il doute qu'elle apprécie. Pas après les épisodes nocturnes agités qu'ils viennent de vivre !

Léo dort dans la chambre voisine, son doudou tout contre lui imprégné de l'odeur de sa mère. Michel adore ce que sa compagne a réalisé dans la pièce. Un espace cosy meublé avec soin et composé de teintes pastel tout en nuances, avec des nuages et des étoiles peints directement sur les murs. Pas sûr que dès cinq ans, il ne désirera pas un autre décor, mais pour l'instant, c'est exactement ce qu'il lui faut.

Regarder sa famille dormir paisiblement lui permet d'évacuer le stress occasionné par la perspective du retour dans son entreprise. Il n'a toujours pas décidé s'il devait informer ou non sa direction des fuites commises par Julien.

L'ancien policier repense au cambriolage. Il est persuadé que les voleurs n'ont pas trouvé ce qu'ils cherchaient. En tâtant la bosse sur sa tête, souvenir douloureux de sa confrontation de la veille, il se souvient d'une conversation avec Stéphanie :

« Les quelques babioles volées ne sont qu'un prétexte pour masquer le vol des portables. C'est évident ! Et il est aussi évident que les informations qu'ils convoitent se trouvent toujours sur l'ordinateur qu'ils ne sont pas parvenus à trouver. Cela pourrait indiquer que les malfaiteurs ne disposent toujours pas du bon programme, mais seulement d'éléments secondaires du jeu ! ».

N'a-t-il pas tout intérêt à ne rien révéler à ses supérieurs pour l'instant ? Si les choses en restent là, la réputation du défunt ne sera pas ternie et jamais personne dans son entreprise ne devinera la vérité ! Il ne doit pas se précipiter. Michel prend donc la décision de garder le silence au moins pour la journée. Il avisera par la suite pour les jours à venir.

Ne pourrait-il pas y avoir un lien aussi entre l'effraction et l'envoi de la balle ? Difficile d'en avoir la certitude à ce stade. Pourtant, en ce qui concerne le colis, Michel se pose des questions. Les individus qui ont adressé les menaces étaient-ils réellement au courant de la mort de Julien ? Car c'est à lui que le paquet était adressé, pas à sa femme ! À l'inverse, lors de leur visite de la maison, il est vraisemblable que les voleurs, s'ils l'ignoraient au départ, ont fini par découvrir les faire-part de décès conservés par Stéphanie. La nouvelle de la mort de Julien a alors dû leur causer un choc et les contraindre à revoir leurs plans.

Et si finalement l'équipe qui a œuvré dans les deux cas était la même ? Un homme et une femme ? Parce que c'était bien un couple qui fouillait méticuleusement l'ancienne ferme, il en est désormais convaincu. Le premier cambrioleur qu'il a aperçu de dos était de sexe masculin, sa carrure ne laissait que peu de place au doute. Quant à l'individu à l'origine de sa bosse, il lui semble évident qu'au regard de ses chaussures il ne peut s'agir que d'une femme. Sauf à ce qu'un homme ne mette sciemment des ballerines blanches avec des fleurs dessus !

Même si Michel commence à avoir une idée plus précise du profil et des motivations des malfaiteurs, il lui reste un problème immédiat à régler : la protection de l'habitation des Vautier ! Il faut absolument que les membres de la famille évitent d'y retourner aujourd'hui. Il contactera Stéphanie de son travail pour lui rappeler. Il faudra aussi qu'il songe à trouver une cachette pour le dossier et l'ordinateur qu'elle lui a confiés.

En attendant, il les conservera dans le coffre de sa voiture !

✳

Gisèle Petit réside à Camphin-en-Pévèle depuis sa naissance. C'est dire si elle connait le village ! Elle aime se souvenir avec nostalgie du passé. Cette époque pas si lointaine où elle faisait des balades avec son mari dans les champs et des incursions en Belgique pour y acheter des fleurs pour le jardin.

Elle se rappelle les Pelletier qui habitaient la ferme juste en face. Des agriculteurs courageux chez qui elle avait l'habitude d'aller chercher le lait, les œufs et quelques légumes comme l'endive, la spécialité de la commune. C'était le bon temps. Comme elle appréciait de discuter avec Anne-Marie à chaque fois qu'elle s'y rendait ! Cette dernière n'ignorait rien des cancans du village, et avec elle, les réputations se faisaient et se défaisaient. Elle sourit en pensant à tout cela. Une autre époque !

Depuis, les Pelletier avaient pris leur retraite. Comme les fermiers n'avaient qu'un fils, citadin dans l'âme qui ne comprenait rien à leur amour de la terre, ils n'avaient pas eu d'autre choix que de vendre. Sans cela, leur maigre retraite n'aurait pas suffi pour vivre décemment. D'abord, ils avaient cédé leurs terres à d'autres fermiers, et ensuite la bâtisse avec sa cour carrée à des bobos venus de la ville qui voulaient pouvoir sentir le cul des vaches. Elle avait bien ri quand elle avait appris qu'ils avaient installé leur chambre à coucher dans l'ancienne porcherie !

Gisèle n'a jamais travaillé autrement que chez elle. Elle a passé sa vie à s'occuper seule de toutes les tâches ménagères et à attendre son homme. Ils n'ont pas eu d'enfants, mais de toute façon ils n'en voulaient pas. Cela les arrangeait bien tous les deux. Veuve depuis dix ans de son pauvre Émile, elle meuble maintenant ses journées en observant les gens de sa fenêtre. Alors qu'elle vient de fêter ses soixante-dix ans, elle espère toujours qu'un événement sortant de l'ordinaire viendra égayer sa journée. Désormais les gens sont claquemurés chez eux et c'est à peine si ses voisins lui adressent un bonjour quand ils la croisent. Des gens qu'on voit rarement la journée et qui reviennent tous en masse le soir en passant devant chez elle, tous à la même heure, comme des moutons. Heureusement qu'il y a encore les Camphinois de souche, ceux qu'elle côtoie depuis l'enfance. Si seulement ça occupait une journée entière ! Mais cela ne suffit pas et la vérité c'est qu'elle s'ennuie la plupart du temps !

Pourtant, ça c'était avant !

Depuis peu, elle a pris l'habitude d'observer l'ancienne ferme, sur laquelle elle a une vue imprenable, et le moins qu'on puisse en dire, c'est qu'il y en a des choses à voir depuis la mort de Julien Vautier - elle a appris son nom en découvrant le faire-part de décès dans sa boite aux lettres. Si les gendarmes se donnaient seulement la peine de prendre le temps de l'interroger, elle en aurait à raconter ! Mais elle ne leur révélera rien à ces incapables. Pas depuis qu'ils ont verbalisé son pauvre Émile parce qu'il avait simplement oublié de changer la vignette d'assurance sur le pare-brise de sa vieille Renault Clio !

Alors discrètement, en retrait derrière son rideau, elle regarde les allées et venues avec les jumelles d'Émile - celles qu'il utilisait, en pensant qu'elle ne le voyait pas, pour regarder la fille des Leclerc prendre sa douche - et elle ne perd rien de ce qui s'y passe. Surtout depuis ces deux derniers jours…

Quand elle y songe, tout a commencé avec ce costaud bizarre qu'elle a vu sortir d'une belle voiture conduite par une dame. Il a mis une casquette à large visière et a pris un paquet sur la banquette arrière. Il cherchait manifestement à se faire passer pour un livreur.

« Tu parles mon Émile, il était autant livreur que j'étais bonne sœur ! »

Il a extirpé un petit carnet de la poche de son blouson et s'est dirigé vers la ferme. Il a sonné et livré son colis à la veuve Vautier, comme si de rien n'était. Il lui a tendu un stylo et le carnet et elle a signé. Quel culot ! Il a ensuite rejoint sa complice et le couple a attendu quelques minutes avant de repartir. Un duo plus que louche, à n'en pas douter !

Un autre type est arrivé à ce moment-là. Un individu qu'elle n'avait jamais vu. Il a sonné trois fois. Et là il est entré, comme si madame Vautier l'attendait. De toute évidence, un signal convenu entre eux pour s'assurer que la voie est libre ! Son amant ? Elle en mettrait sa main au feu !

« Eh ben dis donc, c'est qu'elle ne s'embête pas la veuve joyeuse ! »

Pendant deux bonnes heures, il ne s'est rien passé, et c'est alors que les flics ont débarqué. La propriétaire des lieux en tirait une tête ! Et le mec avec elle aussi ! Ces incapables ne sont pas restés longtemps, mais à tous les coups, cela avait un rapport avec le colis livré dans la matinée. Celui qu'elle imagine être l'amant est alors parti à son tour. Une jeune dame blonde s'est pointée peu après. A priori une connaissance, car ce n'était pas la première fois qu'elle la voyait.

Mais c'est qu'elle en avait de la visite, cette madame Vautier !

Et le lendemain, le livreur et sa compagne étaient réapparus. D'abord la femme seule, que Gisèle a pu détailler quand elle s'est garée devant chez elle : jeune, brune et belle - son Émile l'aurait appréciée ! Elle a mis des lunettes noires et s'est extirpée d'une voiture différente de la veille... enceinte ! La septuagénaire a trouvé ça curieux, surtout lorsqu'elle a eu l'air de rajuster son ventre avant de se diriger vers la ferme.

Un peu avant, l'amant était revenu. Après une heure d'étreinte torride - enfin, c'est ce que Gisèle a supposé et elle se trompe rarement ! -, ils ont pris sa voiture à elle pour aller se balader, laissant la maison sans occupant. Les pauvres, s'ils avaient su ! Ils ont même croisé la dame « enceinte » sans la remarquer, pile au moment où elle s'apprêtait à entrer dans la cour !

C'est à partir de ce moment-là que ça s'est corsé !

La brune au ventre rond est revenue à sa voiture et a attendu quelques minutes son petit ami qui l'a rejointe dans un autre véhicule. Leur objectif était le même : toujours la ferme des Vautier ! Ils s'y sont alors rendus séparément. L'homme d'abord, qui a ouvert la porte en quelques secondes. Une porte que Gisèle aurait juré avoir vu verrouillée par la veuve. Suivi par la jeune femme, avec cette fois un ventre plat - ainsi, la retraitée ne s'était pas trompée

127

sur la prétendue grossesse ! - qui a rapidement emprunté le même trajet pour retrouver son complice.

Il n'en fallait pas plus à la senior pour conclure à un cambriolage. Il faut dire que, cachée derrière le rideau de la fenêtre de sa petite maison en brique, elle n'avait pas perdu une miette du spectacle. Et puis, que deux personnes portent des gants, une casquette ou un foulard en plein mois de mai est plutôt rare dans une commune comme Camphin !

Une demi-heure plus tard, un très bel homme, bâti comme une armoire à glace, est arrivé. Il semblait familier des lieux. Il ressemblait étrangement à l'amant de madame Vautier, mais en version plus jeune. Elle aurait juré l'avoir déjà vu avec la femme remarquée hier. Il est entré à son tour dans l'habitation. Et les événements se sont alors succédé.

Le couple de voleurs est parti précipitamment quelques minutes plus tard, en emportant quelques objets. Après un petit moment, le beau gosse est réapparu en se frottant la tête. Il semblait secoué. Avait-il été agressé par un des voleurs ? Elle le pense. Puis madame Vautier et l'homme sont rentrés de leur virée.

Pendant un moment, Gisèle a un peu perdu le fil. Elle devait manger avant de se rendre chez le coiffeur. Mais quand elle a réintégré son poste d'observation deux heures plus tard, les gendarmes étaient de nouveau là. Après leur départ, la veuve a regagné sa maison avec l'Apollon. Son amant supposé est parti à ce moment-là. Par la suite, la femme entraperçue la veille les a rejoints, suivie de peu par les enfants Vautier.

Puis, ça a été l'heure de son émission préférée et la septuagénaire est passée à autre chose.

En y repensant, Gisèle se dit qu'elle ne peut pas garder ça pour elle. C'est trop grave ! En plus, elle dispose de la personne idéale à qui confier ce qu'elle a vu : le beau gosse. Elle lui trouve un air sympathique, et que ne ferait-elle pas pour l'approcher de près et le toucher, même par mégarde !

18

Olivier ne sait plus où il en est !

Il avait envie que tout se passe bien avec sa femme. Les tensions étaient apaisées et les différends laissés de côté. Il lui avait préparé un repas qu'elle avait apprécié. Pour la première fois depuis l'accident, ils avaient fait l'amour avec passion comme deux jeunes mariés. Après leurs ébats, contrairement à l'habitude, ils ne s'étaient pas retournés chacun de leur côté et avaient parlé. De tout, de rien, d'eux ! Toute la soirée s'était parfaitement déroulée.

C'est après que tout était parti de travers. Quand il avait voulu dormir !

Dès qu'il fermait les yeux, son visage apparaissait. Des longs cheveux noirs, un regard vif, un nez mince et une bouche charnue. Il ne pouvait s'empêcher de penser à elle. Toute la nuit, il avait voulu l'oublier, forcer son esprit à se focaliser sur les traits de celle qui dormait à ses côtés. Peine perdue ! Toujours et encore la même image revenait, telle une vague déferlant inlassablement sur le sable. Au petit matin, n'en pouvant plus, il s'était levé, délaissant le lit conjugal pour boire un café.

Pourquoi Stéphanie l'obsède-t-elle à ce point ? Il ne la connait pour ainsi dire pas. C'est la veuve de l'homme qu'il a tué. Il y a quelque chose de morbide de s'intéresser à ce point à elle. Pourtant, il ne peut le nier : elle lui fait du bien.

Depuis qu'il l'a rencontrée, sa déprime s'est éloignée. Il se sent à nouveau vivre, rempli d'une énergie nouvelle. Ses problèmes sont les siens et il s'estime investi de la mission de la protéger, elle et ses enfants.

- Alors bien dormi, mon amour ? Je me trompe ou tu as l'air préoccupé ?

Laurence est entrée dans la cuisine sans un bruit. Il ne s'était pas aperçu de sa présence avant qu'elle n'ouvre la bouche. En entendant sa voix, il sursaute tel un gamin pris en faute.

- Euh ! Je réfléchissais ! Tu ne crois pas qu'il serait temps que je me remette au travail ? Je vais mieux et j'ai quand même une entreprise à faire tourner. J'essaierais bien d'organiser ma reprise pour lundi en recontactant mes clients. Tu en penses quoi ?

- Si tu te sens d'attaque, pourquoi pas ! Et au vu de tes prouesses d'hier soir, je ne doute pas une seule seconde que tu ailles mieux !

Olivier est soulagé. Son trouble a échappé à son épouse. L'idée de reprendre la route à bord de son camion trottait dans sa tête depuis hier, pourtant ce n'est pas à cela qu'il songeait quand elle l'a surpris perdu dans ses pensées.

Sa femme lui sourit, s'approche de lui et s'assoit sur ses genoux. Une attitude rare venant d'elle. Elle l'embrasse ensuite tendrement, comme pour le remercier de leurs étreintes passionnées de la veille. Elle se lève ensuite pour se préparer une tasse de café, non sans lui avoir au préalable susurré au creux de l'oreille :

- Tu as de la chance que je travaille aujourd'hui et que je ne sois pas en avance !

Puis avec le timbre de voix habituel :

- Je suis heureuse que tu envisages de reprendre le travail. Je te fais confiance pour ne pas prendre de risques. Finalement, je dois admettre que tu avais raison, la maison de repos n'était pas une si bonne idée !

- Merci de le reconnaitre ! Ne t'en fais pas, je suis de nouveau moi-même ! J'ai compris que je n'étais pour rien dans l'accident et que celui-ci n'a été que le résultat d'un malheureux concours de circonstances.

Laurence n'a pas besoin d'un dessin. Elle saisit immédiatement à qui elle doit attribuer le nouvel état d'esprit de son homme. Elle est suffisamment lucide pour savoir que ce n'est pas grâce à elle. Sans qu'il ait besoin de lui avouer, elle réalise où son mari a passé la majeure partie de sa journée de la veille. Pourtant, elle ne peut que louer l'initiative d'Olivier. Le savoir occupé la rassure et elle espère que le fait de retravailler le détournera de celle qu'elle commence déjà à considérer comme une rivale.

De son côté, Olivier n'est pas vraiment sur la même longueur d'onde. Certes, il a hâte de reprendre le travail, ne serait-ce que parce que les traites commencent à s'accumuler depuis l'interruption de son activité, néanmoins il lui presse de revoir Stéphanie. Alors évidemment, il passera une partie de son vendredi à préparer le redémarrage de son entreprise pour lundi, mais dans la matinée, il se rendra chez elle.

Car il n'en peut plus de se morfondre. Il doit savoir si les sentiments qu'il éprouve pour elle sont réciproques. Ne serait-ce que pour mettre de l'ordre dans le grand foutoir qu'est devenue son existence !

*

Stéphanie ignore les projets d'Olivier et se prépare à passer la journée à l'hôtel. Elle vient d'avoir Michel au téléphone. Il l'a une nouvelle fois mise en garde contre les dangers à retourner trop vite chez elle. Elle n'ignore pas son passé d'ancien policier et lui fait confiance.

Elle a déniché un hôtel à quelques kilomètres, situé dans un écrin de verdure. Après le choc causé par le cambriolage, aussi bien elle que les garçons ont apprécié cet interlude qui leur a permis de retrouver un semblant de quiétude. Exceptionnellement, elle a conduit sa progéniture au lycée. De retour dans sa chambre, elle se demande comment elle va pouvoir occuper son temps. Après avoir mis un peu d'ordre dans les affaires des enfants, elle allume la télé et commence à zapper, sans parvenir à fixer son attention sur un programme en particulier. Non, elle ne doit pas rester là ! Si elle ne sort pas prendre l'air tout de suite, elle ne tardera pas à déprimer.

La terrasse de l'hôtel est accueillante, mais après avoir bu un café face à un immense parc, elle s'aperçoit très vite qu'elle s'ennuie. Marre des chants des oiseaux, des massifs de fleurs trop bien entretenus, de ce type qui, à une dizaine de mètres d'elle, la regarde ostensiblement sans même se cacher ! Elle doit bouger. À rester immobile sur sa chaise à ne rien faire, ses souvenirs commencent à affluer et elle sent le désespoir sur le point de l'envahir. Elle doit aller de l'avant et trouver une occupation. Il ne faut pas qu'elle reste seule à se morfondre et à attendre !

À attendre quoi d'abord ? Une solution miraculeuse à ses problèmes ? Il ne faut pas rêver. Les blessures occasionnées par les trahisons à répétition de Julien ne vont pas s'effacer du jour au lendemain comme par enchantement ! Alors, reprendre le travail ? Elle ne s'en sent pas capable pour l'instant. Heureusement pour elle que son employeur demeure compréhensif ! Et puis, voir d'autres personnes ne lui dit rien, sauf à ce que cela soit des amis proches, ou peut-être, cet Olivier qu'elle connait depuis peu et qui lui fait du bien.

Mais quand elle pense à lui, ses sentiments sont diffus. Elle l'apprécie, mais ne peut s'empêcher de garder à l'esprit le fait qu'il reste indirectement responsable de la grande pagaille qu'est devenue sa vie !

Il faut maintenant qu'elle se décide ! Sidonie lui a proposé de la rejoindre chez elle pour se changer les idées. Elle ira la retrouver dans la matinée, mais pas tout de suite. Elle a d'abord un problème urgent à régler, car dans sa hâte à quitter son domicile la veille, elle a oublié une partie des affaires des ados. Elle n'a dès lors pas d'autres choix que de repasser chez elle. Il ne lui faudra pas plus de quelques minutes et elle sera prudente.

Alors inutile qu'elle en parle à Michel, au risque de l'inquiéter !

*

Thibault n'en démord pas. Il ne va pas renoncer à Laurence sans se battre. Il va lui démontrer que son époux n'est pas l'homme intègre qu'elle croit.

Garé depuis un quart d'heure à proximité du domicile de sa maitresse, il observe discrètement la porte d'entrée et les alentours. Sa voiture n'est plus là. Elle est déjà partie travailler. En revanche, le véhicule de son mari est toujours stationné à une cinquantaine de mètres du sien, sur le trottoir opposé. L'homme est donc chez lui. Il n'a plus qu'à attendre. S'il ne se trompe pas, celui-ci devrait bientôt sortir. Alors il le suivra, pour obtenir une preuve de ce qu'il suppose. Une preuve irréfutable qui ramènera Laurence à la raison et l'aidera à comprendre que c'est bien lui l'homme de sa vie !

*

- Alors Alex, on y va ? Je pensais que tu voulais qu'on arrive pas trop tard dans la matinée à Camphin ?

- Attends, je n'arrive pas à retrouver mes baskets ! J'y serai tout de même plus à l'aise que dans les ballerines que j'ai eu la stupidité d'enfiler hier.

- Si on part trop tard, on n'aura pas assez de temps pour mettre la main sur ce qu'on cherche ! Pas envie d'être encore sur place lorsque les bobos du village rentreront chez eux pour déjeuner !

- Tu as raison pour une fois ! Il y a plus important que ces foutues chaussures. Je les ai assez cherchées. Tant pis, les ballerines conviendront encore très bien aujourd'hui. Bon, on y va ! Il reste maintenant à espérer que la veuve soit toujours à la ferme car on ne s'en sortira pas sans elle. Ah oui, et ne pas oublier aussi mon faux ventre pour l'opération séduction !

- Encore ? Tu sais très bien que j'ai horreur de ce déguisement ! Il me met mal à l'aise.

- Ne me dis pas que tu aimerais me voir enceinte ?

- Il y a peu de chance ! Tu imagines un gamin remplir la fiche de renseignements en début d'année scolaire. Quand il devra renseigner la ligne « profession des parents », je n'aimerais pas être à sa place !

19

Stéphanie a rejoint sa maison. Elle est montée directement à l'étage et finit de remplir un sac d'affaires pour ses ados. Cela l'occupe et elle se sent utile.

Pendant qu'elle y est, elle prendra aussi des vêtements en plus pour elle. Elle s'attend à devoir dormir plusieurs nuits à l'hôtel. Autant anticiper pour éviter d'avoir à revenir ! Elle mesure pourtant les risques qu'elle court à ne pas suivre les consignes de Michel, même pour une poignée de minutes. En plus, si elle s'écoutait, elle en profiterait pour prendre un bain, mais cela ne serait vraiment pas prudent. En dépit de son standing, l'hôtel ne dispose dans la chambre que d'une douche, pas d'une baignoire, et elle le déplore, tant elle aimerait à cet instant avoir la possibilité de se prélasser dans une eau chaude, délicatement parfumée, pour évacuer son stress.

Elle a quasiment fini de rassembler les vêtements qu'elle est venue chercher quand le carillon de la porte d'entrée résonne. Elle se raidit immédiatement. Le souffle court, elle tend l'oreille. Difficile de faire comme si elle n'était pas là, sa voiture trône dans la cour. Qui peut bien venir la déranger à cette heure ?

Sans bruit, elle descend l'escalier, attendant un deuxième coup de sonnette qui tarde à retentir.

- Stéphanie, c'est moi ! Je dois te parler !

Olivier ? Il ne lui avait pas dit qu'il passerait la voir. Elle aime bien parler avec lui, mais ce matin, elle serait plutôt du genre pressé. Cette visite ne l'arrange pas vraiment.

- J'arrive !

Elle ouvre la porte et tombe nez à nez sur un Olivier énamouré, un bouquet d'iris bleus à la main. Ne sachant comment réagir, elle rougit et prend les fleurs qu'il lui tend.

La couleur ne lui a pas échappé. Bleu ! La poésie. L'invitation à découvrir ensemble de nouveaux horizons. Son choix n'a pas été opéré au hasard. Visiblement, l'homme qui se trouve en face d'elle, et qu'elle ne connait que depuis deux jours, essaie de lui transmettre un message. Gênée, elle adopte un sourire de façade, s'interrogeant sur ce qu'elle va bien pouvoir fournir comme réponse à ses attentes.

Elle approche machinalement ses lèvres de sa joue pour le saluer amicalement. Après tout, c'est en partie grâce à lui qu'elle va mieux !

Olivier se méprend alors, la devance et l'embrasse sur les lèvres sans qu'elle ait pu esquiver un geste !

Surprise, Stéphanie met quelques secondes à réagir. Quand elle réalise ce qui est en train de se produire, elle fait un pas en arrière. Son visage se crispe. La colère prend le dessus. Elle assène une gifle à son visiteur.

Honteux, Olivier vient de comprendre qu'il a tout faux. Elle n'est veuve que depuis quelques semaines, il s'attendait à quoi ? Ne sachant quelle attitude adopter, il choisit l'option qui lui parait la plus appropriée en de telles circonstances : la fuite.

- Attends, ne t'en va pas !

Stéphanie est troublée. Instinctivement, c'est la seule riposte qui lui soit venue à l'esprit face à ce qu'elle a estimé être une agression. Mais maintenant, elle le regrette, consciente d'avoir surréagi.

- Je n'aurais pas dû. Excuse-moi ! La mort de Julien est encore trop fraiche et je ne suis pas encore prête à m'engager dans une nouvelle relation. Reviens ! Il faut qu'on parle tous les deux. Je vais nous préparer un café !

Olivier s'est arrêté. Elle a raison. Ils ont visiblement besoin tous les deux d'avoir une petite discussion.

La vérité est qu'il ne sait plus où il en est. Il nage en pleine confusion et a du mal à savoir ce qu'il veut vraiment. La culpabilité qu'il éprouve vis-à-vis de Stéphanie au sujet de la mort de son mari ne serait-elle pas en train de lui faire perdre le sens des réalités ? Il est quand même marié à Laurence depuis vingt-cinq ans, ce n'est pas rien !

Pourtant le trouble qui l'étreint, lorsqu'il se trouve en présence de la mère de Thomas et Louis, est bien réel. Il ne rêve pas cette accélération du rythme cardiaque et ces papillons dans le ventre dès qu'il la voit. Ce sont des signes qui ne trompent pas. Et plus il y réfléchit, plus cela devient une évidence pour lui. Contre toute attente, il est bel et bien en train de tomber amoureux...

Olivier est désormais silencieux. Il ne bouge plus et semble perdu dans ses pensées. Face à son désarroi, Stéphanie l'invite à la rejoindre dans la cuisine. Une proposition anodine mais lourde de conséquences, car à demeurer ainsi quelques précieuses minutes de plus dans l'habitation, au lieu d'arranger les choses, la jeune veuve s'apprête à inutilement les compliquer.

*

Thibault se félicite d'avoir pris l'initiative de suivre Olivier. Il n'a pas perdu son temps. Avec son smartphone, il a tout filmé de la voiture. Il ne conservera pas la scène de la gifle, ce qui précède est suffisant ! Une chance que tout se soit passé devant la porte d'entrée. En zoomant, il a obtenu une petite vidéo qui identifie parfaitement les deux protagonistes. De toute façon, maintenant qu'ils sont rentrés dans la maison, il ne peut en espérer plus. Cela permettra enfin à Laurence de réaliser le double jeu auquel se prête son mari !

Il ne lui reste plus qu'à aller travailler. Il arrivera plus tard que prévu à la rédaction mais il ne le regrette pas. Le jeu en valait la chandelle !

Il est sur le point de repartir quand une femme attire son attention. Elle s'extirpe difficilement de son véhicule. Enceinte, elle semble avoir des difficultés à se déplacer, et à voir son ventre rebondi, elle ne doit pas être loin du terme. Il songe un instant à lui offrir son aide, mais en la voyant se diriger vers la ferme d'un pas résolu, renonce à son idée.

Il tourne alors la clé de contact et démarre sans se retourner.

*

- C'est pas vrai ! Voilà qu'elle a à nouveau un gros ventre !

Les mains crispées sur ses jumelles, Gisèle n'en croit pas ses yeux. Elle est revenue, encore une fois avec son gros ventre. Si la septuagénaire n'avait pas aperçu la même jeune femme commettre un cambriolage avec une taille de guêpe, elle jurerait avoir rêvé !

La voisine un peu trop curieuse des Vautier commence à s'interroger : doit-elle continuer à observer derrière les rideaux, comme si de rien n'était, ou essayer d'alerter la veuve ? Cette histoire ne sent vraiment pas bon et elle commence à se demander si tout cela ne va pas mal finir. Elle regrette le temps béni des annuaires, où on pouvait facilement dénicher le numéro de téléphone d'un voisin. Maintenant la plupart des gens ont un portable et tout est devenu tellement plus compliqué.

Tant pis ! Elle va suivre la femme et s'arranger pour discrètement alerter madame Vautier et son amant. Ils sont déjà dans la maison. Elle ne risque rien. Le faux coursier n'est pas là. Ils seront trois et la voleuse sera seule.

Et si cette dernière était armée ? Bon sang, elle n'avait pas pensé à ça !

« Et toi, mon Émile, que ferais-tu à ma place ? Ne me dis quand même pas que tu appellerais les gendarmes ? Pas après ce qu'ils t'ont fait ? Oh et puis zut, ils sont déjà deux.

141

Ils sont capables de se défendre sans moi. Ce n'est pas avec mes soixante kilos que je vais leur servir à grand-chose ! »

Toute à ses réflexions sur l'attitude à adopter face au péril qui menace sa voisine, Gisèle ne remarque pas la voiture du complice se garer tout près de son domicile. Pas plus qu'elle ne le remarque regarder ostensiblement dans sa direction.

*

Alex a méticuleusement élaboré son plan. Aujourd'hui, elle a prévu d'agir sans David. Celui-ci n'intervenant qu'en dernier recours. Elle s'attend à ce que la veuve soit seule, mais si ce n'est pas le cas, elle s'estime une professionnelle suffisamment aguerrie pour gérer la situation.

En approchant de la porte d'entrée, elle perçoit les bribes d'une conversation. Elle stoppe quelques secondes sa progression, le temps d'identifier le nombre de personnes en train de discuter. Deux a priori ! Ce n'est pas grave et cela ne remet pas en cause son plan. Elle doit rester calme et éliminer tout signe d'anxiété qui pourrait la trahir.

Ding dong !

En entendant pour la deuxième fois de la matinée le carillon résonner, Stéphanie sursaute. Elle se souvient brutalement de la recommandation de Michel. Elle a été terriblement imprudente et n'est que trop demeurée chez elle. Il est plus que temps qu'elle quitte la maison. Pourvu que…

La propriétaire des lieux n'a guère le temps de regretter son inconséquence. De l'extérieur, une voix féminine lui parvient aux oreilles.

- S'il vous plait, je suis enceinte et j'ai terriblement besoin de me rendre aux toilettes. Pourriez-vous me laisser utiliser les vôtres ?

D'un signe, Olivier fait signe à Stéphanie de ne pas faire de bruit et se dirige vers la porte d'entrée. La femme qu'il aperçoit par l'entrebâillement ne ment pas. Son ventre proéminent témoigne en sa faveur. Sans se méfier davantage, le routier ouvre la porte et s'efface pour lui permettre d'entrer.

En le remerciant, elle pénètre dans l'habitation et attend qu'on lui précise la direction des toilettes. Olivier connait encore mal la maison, mais déjà suffisamment pour lui fournir l'indication. Il lui désigne l'emplacement d'un geste et retourne à la cuisine, en la laissant seule dans le couloir. Stéphanie, assise sur une chaise, l'observe tandis que la future maman lui adresse un signe de la main pour la saluer.

C'est alors qu'en laissant son regard trainer sur les pieds de la jeune femme, ses traits se figent pendant qu'une phrase de Michel lui revient en mémoire :

« Je n'ai vu que les chaussures de la personne qui m'a assommé : des ballerines blanches avec des fleurs dessus ! »

143

20

Les souvenirs d'Alex ne l'ont pas trompée. Le bureau jouxte bien les toilettes.

Elle espère de tout cœur qu'elle va y découvrir ce qu'elle cherche. La jeune « entrepreneuse » est persuadée que David a mal fouillé hier - il a bien réussi à ne pas remarquer l'avis de décès de Julien Vautier, pourtant bien en vue, dans le salon ! À moins que le bon ordi soit introuvable tout simplement parce que l'épouse l'a conservé avec elle ?

Depuis leur incursion, un rangement sommaire a été réalisé dans la pièce. Ce qui n'est pas étonnant, au regard du désordre qu'avait laissé David la veille ! Elle entre et referme la porte derrière elle, pour plus de discrétion. Pour pouvoir débuter ses recherches, elle se voit contrainte d'actionner l'interrupteur. Un flot de lumière se répand dans le bureau. Elle tend l'oreille, s'attendant à chaque instant à être démasquée. Pour l'instant, tout est calme. Des paroles étouffées continuent à lui parvenir de la cuisine.

Elle ne dispose pas de beaucoup de temps avant que ses hôtes ne s'inquiètent de son absence prolongée. D'abord, si elle était la veuve Vautier, où le mettrait-elle ? Se pourrait-il que celle-ci ait finalement réussi à comprendre que le cambriolage n'en était pas vraiment un ? Elle espère que non, car si c'est le cas, il est clair qu'elle ne le trouvera pas facilement.

Elle ne doit pas se décourager. La table de travail lui semble l'emplacement le plus indiqué. Sans faire de bruit, elle soulève rapidement les documents qui encombrent le bureau. Aucune trace du portable, ni d'un possible dossier impliquant son commanditaire.

Elle réalise très vite qu'elle ne s'en sortira pas seule. David ! Elle doit l'appeler en renfort pour contraindre la veuve à lui indiquer la cachette. Il sera nécessaire aussi qu'ils s'occupent de l'homme présent dans l'habitation avec elle, et armés comme ils le sont, cela ne devrait pas poser de problèmes. Même si elle aurait préféré éviter d'avoir recours à la force. Mais le temps presse et elle n'a pas vraiment le choix ! Ce n'est plus qu'une question de secondes avant que sa ruse ne soit découverte et elle ne tient pas à devoir expliquer sa présence à un endroit où elle n'aurait jamais dû se trouver. Pas tant que David ne l'aura pas rejointe.

Alex doit maintenant gagner au plus vite les toilettes. Cela lui laissera une petite marge pour attendre l'arrivée de son complice. Elle devra jouer serré. Tirer la chasse d'eau donnera déjà l'illusion qu'elle a utilisé l'endroit. Elle se déplace à pas feutrés dans le couloir, soucieuse de ne pas attirer l'attention des deux personnes dans la cuisine. Deux personnes, d'ailleurs maintenant, anormalement silencieuses. Trop pour un couple en pleine discussion à son arrivée. Se pourrait-il que… ?

Au diable les toilettes ! Elle doit savoir ! Un coup d'œil dans la pièce lui confirme immédiatement ce qu'elle pressentait. Ses occupants l'ont désertée. Elle est seule dans la maison face à sa bêtise.

Confrontée à l'échec pour la deuxième fois de sa carrière, et qui plus est sur la même affaire, elle doit se faire une raison : non seulement, son gros ventre n'a pas suffi à donner le change - elle a manifestement été repérée -, mais en plus, elle n'a plus rien à espérer dénicher dans l'habitation. L'ordi et la confession, pour peu qu'elle existe, sont ailleurs. C'est désormais son intuition et jusqu'à ce contrat merdique, elle ne lui avait jamais fait défaut !

Inutile qu'elle perde son temps à contacter David. On les a déjà trop vus ensemble. Elle va rejoindre son véhicule et lui adresser un message en lui demandant de quitter les lieux au plus vite. Camphin, c'est fini ! Sauf à ce qu'ils tiennent à se faire prendre. La règle d'or dans leur profession n'est-elle pas de ne jamais opérer deux fois au même endroit ?

En franchissant la porte d'entrée, elle est à peine surprise de constater la présence de la voiture de la veuve Vautier. Ils n'ont pas voulu éveiller son attention pendant qu'elle inspectait en vain le bureau et ils ont quitté à pied le logement en toute discrétion. Quelle conne ! C'est peu dire qu'elle n'a rien vu venir !

Une fois dans son véhicule, il faudra qu'elle se débarrasse de cette stupide prothèse de femme enceinte ! Pratique pour dissimuler des objets, mais ô combien encombrante. Il ne manquerait plus que cela donne des idées à David et que, malgré ses récentes dénégations, il tente de la convaincre d'avoir un enfant !

Alex est en train d'écrire un texto à son compagnon, quand elle repense à un détail qui lui a échappé lors de son arrivée. L'homme qui a ouvert la porte, ce n'était pas la première fois qu'elle le voyait. Elle en est sûre. Il reste à savoir où ?

Un flash. Elle se souvient. Le type qu'elle a assommé la veille !

Et sans le savoir, Olivier se voit confondu avec Michel par l'esprit de la jeune femme. Avec pour seul tort de ressembler à l'ancien policier !

*

Gisèle repose ses jumelles au moment où la voleuse franchit le seuil de l'ancienne ferme, alors qu'elle est accueillie par l'amant supposé de madame Vautier.

« Eh bien, celle-là, elle ne doute de rien ! » ne peut-elle s'empêcher de s'exclamer.

Machinalement, elle tourne la tête sur sa gauche avant de s'éloigner de la fenêtre pour vaquer à d'autres occupations. Un pli sur le rideau attire son attention. Elle lisse le tissu et l'écarte légèrement pour le remettre en place.

De l'autre côté du mur, à cinq mètres tout au plus, un jeune homme la fixe ouvertement ! Elle le reconnait immédiatement : le faux coursier, cambrioleur à ses heures !

Assis dans sa voiture, il l'observe sans même chercher à se dissimuler. Quel culot !

Leurs regards se croisent. Elle ne rêve pas. Il vient de lui faire avec sa main le signe d'un révolver pointé sur elle.

Gisèle pâlit. Il sait. Il a dû se douter qu'elle passait une partie de sa journée à épier derrière sa fenêtre. Elle est bel et bien un témoin potentiel et représente un risque pour eux. Mais alors, cela veut dire qu'il ne va pas en rester là et qu'elle court dès à présent un grave danger !

Comme pour lui donner raison, le costaud blond sort de son véhicule et se dirige vers la porte d'entrée.

Il sonne.

La septuagénaire n'en mène pas large. Elle entend alors de l'extérieur un chuchotement qui lui glace le sang :

- Ouvrez-moi ! Je sais que vous êtes là. Il faut que nous ayons tous les deux une petite conversation !

- Je n'ai rien à vous dire ! Partez ou j'appelle la police !

- Si vous le prenez comme ça, je vais finir par me mettre en colère ! Vous n'aimeriez pas que je me mette en colère, n'est-ce pas ?

- Mon mari va bientôt rentrer ! Vous n'avez pas honte de vous en prendre à une vieille dame comme moi ?

Le bluff, puis l'appel à la pitié, Gisèle ne sait déjà plus quels arguments utiliser pour éloigner la menace qui plane sur elle. Ses paroles sont sans effet. L'homme ne semble pas désireux de s'éloigner.

En percevant soudain le bruit d'une clé dans la serrure, elle réalise qu'elle va devoir réagir. Et vite ! À l'étage, elle sera en sécurité. Il y a des cachettes où elle pourra se dissimuler.

Elle monte silencieusement les marches et se cache dans la penderie du palier qui fait face à l'escalier. Il était temps. La porte n'a pas résisté longtemps. Elle l'entend qui entre, referme derrière lui et appelle :

- Madame Petit ? Vous voyez, je connais déjà votre nom ! Où êtes-vous ? Je vous préviens, je vais visiter les pièces une par une et je finirai par vous trouver ! Alors je crois bien que si j'étais vous, je me montrerais dès maintenant sans opposer de résistance !

- …

- Bon, comme vous ne voulez pas être raisonnable, je vais devoir venir moi-même vous chercher. Je risque alors d'être un peu énervé quand je mettrai la main sur vous. Donc après ça, ne soyez pas étonnée si ma réaction est un peu… violente !

Des sons étouffés lui parviennent du rez-de-chaussée. Une minute s'écoule, puis deux. L'oreille aux aguets, elle tente de suivre sa progression sans oser bouger. Un bruit de pas se rapproche. Il monte l'escalier. Elle le devine désormais tout près et parvient à entendre sa respiration. C'est désormais une certitude. Il ne tardera pas à la découvrir ! Et ce n'est pas le manteau en peau retournée derrière lequel elle est dissimulée qui la protégera !

« Mon pauvre Émile, je ne pensais pas venir te rejoindre si tôt ! » est sa dernière pensée avant que, quelques

secondes plus tard, l'homme n'ouvre brutalement la porte de
la penderie…

21

Stéphanie a eu chaud !

Si elle ne s'était pas rappclé la remarque de Michel sur la particularité des chaussures de son agresseur - blanches avec des motifs floraux dessus -, elle allait au-devant de graves ennuis. Et ce n'est pas la présence d'Olivier qui y aurait changé quoi que ce soit !

Elle ne regrette pas d'avoir précipitamment quitté son habitation dans la plus grande discrétion. Sa voiture est demeurée sur place, mais elle ne pouvait pas la démarrer sans attirer l'attention de la visiteuse. Trop dangereux si cette dernière avait été armée. Elle aurait pu tirer sur eux, avant qu'ils ne soient sortis de la cour. Heureusement qu'Olivier n'avait pas garé son véhicule dans l'enceinte de la ferme !

Plus elle réfléchit, plus elle se dit que même si elle ne l'avait pas identifiée grâce à ses ballerines, son visage et sa démarche l'auraient trahie. Ce n'était pas ceux d'une femme enceinte. Trop de détails sonnaient faux chez elle. Dès lors, la fuite devenait la meilleure solution, et tant pis si la maison est restée ouverte ! Elle demandera à Michel de l'accompagner pour la sécuriser plus tard !

À sa demande, Olivier conduit prudemment. Encore sous l'effet du risque inconsidéré qu'elle a pris en revenant chez elle, Stéphanie tente de se détendre. Trop d'épreuves depuis plusieurs jours ! Si elle pouvait avoir une conversation avec la puissance céleste qui orchestre tout ce qui lui arrive, elle réclamerait un temps mort. Elle n'en peut plus.

Olivier et elle n'ont plus reparlé du baiser et de la gifle qui a suivi. Elle culpabilise à l'idée qu'elle ait pu lui adresser des signaux équivoques. Pourquoi n'a-t-il pas compris qu'elle désirait simplement un ami ? Pas un amant ! Son mari vient quand même tout juste de mourir ! Un homme normalement constitué ne peut-il réaliser qu'elle n'a aucune envie de s'envoyer en l'air en ce moment ?

Alors qu'ils tentaient de clarifier leur relation dans la cuisine, l'arrivée intempestive a tout interrompu. Un quasi-silence règne désormais dans l'habitacle. Les discussions se sont taries, comme si quelque chose s'était cassé entre eux. Stéphanie se borne à confirmer à son chauffeur les indications du GPS pour se rendre chez Sidonie. À cet instant, la seule en mesure de lui apporter du réconfort !

La veuve de Julien n'a pas alerté la gendarmerie. Elle portera plainte plus tard. Leur visiteuse indésirable n'aurait de toute façon pas attendu les forces de l'ordre. Alors à quoi bon ? Elle s'est limitée à rédiger un texto à l'intention de son amie pour la prévenir de son arrivée. Elle n'a pas eu la force de lui expliquer les derniers rebondissements au téléphone. Elle préfère lui en parler de vive voix.

Il faut qu'elle trouve une solution pour que tout cela cesse, ça ne peut plus durer. Il n'est plus possible de continuer à vivre avec ses enfants sous le coup d'une menace permanente. Mais à y songer, il y a peut-être une méthode susceptible de régler définitivement le problème. Un plan qui pourrait fonctionner, à la condition que Sidonie et Michel soient prêts à l'aider !

Stéphanie reprend espoir. Il y a trop longtemps qu'elle subit la situation. Il est maintenant grand temps pour elle d'organiser la riposte !

Elle se surprend à esquisser un sourire. Un changement d'attitude qui n'échappe pas à Olivier, alors obligé d'admettre que décidément, il ne comprendra jamais rien aux femmes !

∗

Thibault exulte. Avec la preuve dont il dispose, Laurence ne pourra faire autrement que de lui retomber dans les bras. Exit Olivier avec son double langage ! Il pourra enfin profiter pleinement de celle qu'il aime.

Avant de rejoindre sa rédaction, il doit poser les jalons de la conversation qu'il envisage d'avoir avec Laurence. Le petit film qu'il a tourné devant l'ancienne ferme devrait suffire pour amorcer la discussion. Thibault rédige un petit e-mail : « *Ton mari n'est pas celui qu'il prétend être. Voilà, comment il occupe son temps libre ! Appelle-moi dès que tu peux. Il faut qu'on parle. Je t'aime !* », auquel il n'oublie pas d'attacher la pièce à conviction. Il appuie ensuite sur la touche « Envoi ». Les dés sont jetés.

Il ne lui reste plus maintenant qu'à attendre la réaction de Laurence.

Alex a réintégré depuis une heure son appartement du centre-ville de Lille et elle commence à s'inquiéter. Elle a envoyé un texto à David, lui signifiant l'échec de la mission, et depuis plus rien.

Habituellement, elle est d'un naturel calme, mais dans ce contrat où rien ne se déroule comme prévu, elle s'attend au pire. L'absence prolongée de son compagnon est incompréhensible. En cas de départ précipité, il sait pourtant qu'ils doivent se retrouver au plus vite pour analyser la situation.

Il devait simplement l'attendre dans la voiture, non loin de l'habitation des Vautier, dans l'éventualité où elle aurait besoin de renfort. Ce n'était quand même pas très compliqué !

Elle a toujours nié qu'il y ait entre eux autre chose qu'une complicité professionnelle et sexuelle. Elle doit pourtant admettre qu'à cet instant, l'angoisse qu'elle ressent à la seule perspective qu'il ait pu lui arriver quelque chose de grave, pourrait s'apparenter à de l'amour.

Elle se rappelle quand elle l'a vu pour la première fois.

C'était il y a sept ans. En rupture avec sa famille, il était à la dérive et allait d'échec en échec. Elle lui avait tendu la main. Il l'avait saisie. Immédiatement, elle avait su que ce serait lui son partenaire dans la petite entreprise qu'elle envisageait de créer. Leur association avait rapidement été couronnée de succès et avant de rencontrer ce monsieur

Dupont, « échec » n'était pas un mot qui faisait partie de leur vocabulaire. Mais ça, c'était avant qu'ils ne se lancent dans ce coup tordu !

Après leur pitoyable prestation de Camphin, ils vont devoir se remettre en cause. Elle en est consciente. Ils ont pris beaucoup trop de risques sur cette affaire. L'individu qu'elle a vu avec la veuve Vautier connait le visage de David, et visiblement un détail vestimentaire permet de l'identifier elle. Sinon quoi d'autre ? Elle ne porte pas de bijoux et n'a jamais cédé à la mode du tatouage.

En rassemblant ses souvenirs, elle se remémore la scène. L'homme était à terre. Donc à part ses pieds, elle ne voit guère ce qu'il aurait pu apercevoir. Ses chaussures… Cela ne peut être que ça ! Des ballerines particulièrement repérables qu'elle n'aurait en plus jamais dû enfiler ce matin. Une erreur de débutante ! Pour une professionnelle, elle les accumule vraiment en ce moment. Cela ne lui ressemble pas.

Peut-être serait-il largement temps qu'ils fassent un break tous les deux ? Ils ont amassé suffisamment d'argent pour pouvoir vivre plusieurs années sans souci dans un petit coin de paradis, alors pourquoi s'obstiner ?

Et si cette fois était celle de trop ? Après tout ce temps sans rencontrer de difficultés majeures, il fallait bien que cela arrive. Et ce mauvais pressentiment qui ne la quitte pas ! Pas un texto, ni un message de David, rien !

Elle doit se rendre à l'évidence, il est survenu quelque chose à son partenaire. Une difficulté imprévue, suffisamment sérieuse pour qu'il ne donne plus signe de vie !

155

22

À quelques kilomètres de là, David émerge. Il ne comprend toujours pas ce qui lui est arrivé !

Il se souvient avoir ouvert la porte d'un placard. Avoir aperçu les pieds de la femme derrière un manteau. Tout lui semblait trop facile. Et puis, tout s'est alors passé en une fraction de seconde. Avec une force qu'il ne lui soupçonnait pas, l'irascible retraitée est sortie comme une furie du placard et s'est précipitée sur lui. L'instinct de survie en quelque sorte. Et c'est là que tout a dérapé !

Un pas en arrière pour l'éviter. La sensation de basculer, tandis que la septuagénaire le pousse une nouvelle fois, et la chute dans l'escalier. Puis un grand trou dans sa mémoire.

Tout ça pour se réveiller maintenant, dans ce qui semble être une chambre d'hôpital, avec une légère migraine ! Un regard sur le livret d'accueil posé sur la table de chevet le lui confirme : CHRU de Lille. Au moins, il n'est pas très loin de chez lui !

Mais d'abord, il doit s'enfuir ! Il ne peut rester là. Les menottes qui lui enserrent le poignet et l'attachent au lit le ramènent à la dure réalité. Ce n'est pas cette madame Petit qui a appelé une ambulance pour le secourir pendant qu'il gisait inanimé. Ce sont les flics ! Elle a appelé les flics ! Eh bien pour une petite vieille sans défense, il est certain qu'elle a assuré ! Pour lui, en revanche, il ne peut guère en dire autant !

Avec un slip et une simple chemise d'hôpital, il n'est pas vraiment habillé pour se faire la malle, sans compter les menottes qui le limitent dans ses mouvements. À l'inverse, la perfusion ainsi que le capteur et le brassard qui le relient au moniteur ne devraient pas poser de difficultés. Enfin, si on néglige l'alarme qui se déclenchera dans le bureau des infirmières dès qu'il les arrachera !

« Pour être dans la merde, je suis dans la merde ! Je dois prévenir Alex ! Elle saura quoi faire ! ».

David est réaliste. Il va devoir déployer des trésors d'imagination pour s'en sortir cette fois !

Un éclat de voix lui parvient. Une infirmière est dans le couloir. Elle discute. Sans doute avec un flic qui monte la garde. La porte est déverrouillée. Quelqu'un entre dans la chambre.

« Vite, faire semblant d'être inconscient ! Ça me donnera un répit supplémentaire. »

Contrôle des constantes. Vérification de la perfusion. La femme ne reste pas plus d'une minute. Pourvu que... non, elle n'a rien vu. Elle ressort. Verrou réenclenché. Il est de nouveau enfermé.

« Avant de paniquer, je dois commencer par réfléchir. Il faut montrer à Alex de quoi je suis capable. Les menottes ne sont pas un problème ; j'ai passé suffisamment de temps à m'entraîner sur tous les types de serrures pour en venir à bout ! Heureusement qu'ils ne m'ont immobilisé qu'un bras !

Bon, il va aussi falloir que je sache où est située la chambre, et surtout à quel étage elle se trouve ! »

Trente secondes sont nécessaires pour déverrouiller les menottes. L'aiguille du cathéter de la perfusion s'avère d'un précieux secours. David est satisfait. Il n'a pas perdu la main. En déplaçant le moniteur, il parvient à la fenêtre. Elle peut s'ouvrir. Un bon point pour lui ! Habituellement, dans ce genre de bâtiments, elles sont oscillo-battantes, voire condamnées.

« Ah merde, un deuxième étage ! Cela ne va pas être simple. »

Le jeune homme observe l'extérieur. Une corniche de quelques mètres puis un arbre dont les branches touchent la façade. A priori faisable en prenant un minimum de risques. Mais de toute façon il n'a pas le choix, et puis après tout, il a bien failli être prof de sport !

David est prêt. Il ouvre la fenêtre. C'est maintenant que tout va se jouer ! Il aura trente secondes tout au plus après s'être débranché du moniteur pour s'enfuir. Tant pis pour les habits dans l'immédiat, le timing est trop court pour s'en procurer !

C'est parti !

Sans trembler, David enlève rapidement brassard et capteur puis enjambe le rebord de la fenêtre. L'espace pour les pieds est étroit, mais suffisant pour progresser. Voilà déjà l'arbre. Un marronnier ! Au moins ses branches ne risquent pas de casser ! Dix secondes plus tard, le fuyard est à terre.

La pelouse amortit sa chute. Reste à régler le sujet de l'habillement, et vite !

La chance est de son côté ; il n'est pas loin d'une entrée.

- Monsieur ! S'il vous plait ! Monsieur !

À moitié caché par un buisson, David interpelle un visiteur.

- Euh oui ? C'est moi que vous appelez ? Vous avez un problème ?

Un naïf ! La fortune lui sourit !

L'homme s'est à peine approché qu'il est assommé et tiré derrière la végétation. En moins de temps qu'il ne faut pour le dire, l'imprudent est dévêtu. David finit tout juste d'enfiler le polo de l'inconnu quand un cri se fait entendre à l'étage :

- Là ! Il est là ! Attrapez-le !

Plus le temps de se préoccuper des vêtements un peu trop justes pour sa carrure, il est repéré. Par miracle, les chaussures - des baskets - sont à sa taille. La spécialité de David en sport est le cent mètres. Tant mieux, elles vont lui servir, tout comme sa discipline de prédilection. D'autant qu'il n'a que cinquante mètres à parcourir, tout au plus, pour sortir de l'enceinte de l'hôpital !

Un sprint. Personne ne le suit. Heureusement car les séquelles de sa chute l'ont affaibli. Une de ses jambes est douloureuse. Il doit ralentir. Derrière lui, ça commence à s'agiter ! Deux représentants de l'ordre en uniforme se sont lancés à sa poursuite. Il ne manquerait plus que l'entrée soit gardée.

Personne ! Le métro est maintenant tout proche. Un policier lui en barre l'accès. David est à bout de souffle. Ses côtes lui font mal. Il n'a que quelques secondes pour prendre une décision. Une voiture ralentit alors qu'il s'apprête à traverser. Plus le temps de se poser de questions. Le fugitif ouvre brutalement la portière du conducteur et éjecte le quinquagénaire tout surpris.

La voiture redémarre. Une Opel Corsa grise ordinaire. Pile ce qu'il lui fallait. Le propriétaire du véhicule vocifère le poing levé. En vain ! David ne jette même pas un œil sur le rétroviseur. « Vite rejoindre l'autoroute et prendre la direction du centre-ville de Lille ! ». La circulation est fluide. Dans moins de dix minutes il sera chez lui, et toujours aucune possibilité de prévenir Alex !

La route se déroule sans difficulté. Il abandonne le véhicule à cent mètres de chez lui, en plein milieu de la rue, de façon à créer un embouteillage. « Ce sera toujours un peu de temps de gagné ! » se dit-il.

Un problème de taille demeure pourtant à résoudre : son visage est désormais connu des services de police. Une simple diffusion sur les réseaux sociaux et il ne faudrait pas longtemps pour qu'un de leurs charmants voisins ne fasse le rapprochement. La seule solution qui s'offre encore à eux, c'est de fuir et d'organiser ensuite leur cavale avec tous les risques que cela comporte. Pas sûr qu'Alex appréciera de quitter leur cher logement de toute urgence.

D'autant plus qu'il n'y aura pas de retour possible !

*

Monsieur Dupont est contrarié. Tout cela va trop loin. Son employeur lui a demandé de récupérer le corps d'un programme de son concurrent et tout ce qui pourrait le compromettre, pas d'envoyer au front deux fous furieux prêts à tuer la moitié de la planète ! Les méthodes du couple commencent à l'inquiéter. Ces deux-là lui avaient pourtant été chaudement recommandés par une de ses relations. Et en plus, ils étaient réputés pour leur discrétion ! Leur discrétion… alors que maintenant au moins une personne sur Camphin est capable de les identifier !

Il faut dire que le titre sur lequel il est tombé par hasard, dans l'information en ligne d'un quotidien régional, a tout pour l'alarmer : *« Une septuagénaire met en fuite un dangereux malfaiteur qui s'apprêtait à la tuer ! »*. Et l'article de décrire en long et en large les exploits d'une certaine Gisèle Petit, dont le seul tort a été d'être témoin d'un cambriolage chez des voisins.

Tout ça ne l'aurait pas alerté si les voisins en question n'avaient eu le malheur de s'appeler Vautier. Par déduction, il ne lui avait pas été difficile d'établir le rapprochement avec le couple qu'il avait engagé.

« Tu parles de deux professionnels expérimentés aptes à se sortir des situations les plus compliquées ! Des gugusses, oui ! ».

161

Il se rappelle les paroles de celle qui se fait appeler Alex, lors de leur premier contact téléphonique, lorsqu'elle lui avait vanté ses qualités et celles de son partenaire. « Eh bien tout ça, ce sont des conneries ! Un pro qui se fait assommer par une petite vieille, c'est du grand n'importe quoi ! Et avec ça, je n'ai toujours pas récupéré le bon ordi ! ».

Qu'il doive faire une croix sur les informations contenues dedans lui pose également un grave problème. L'entreprise qui utilise ses services ne va pas apprécier et il risque gros si la mission n'est pas menée à son terme. Il n'a pas le choix. Il doit désormais adopter une autre stratégie.

Et d'abord mettre fin au contrat qui le lie à ce couple d'amateurs. Tant pis pour ce qu'il leur doit encore. Ils ont failli. Il est hors de question qu'ils touchent le solde prévu.

23

Gisèle exulte. Depuis qu'elle a appelé les gendarmes pour leur signaler l'intrusion d'un individu chez elle, le téléphone n'arrête plus de sonner. Tout le monde veut lui parler et recueillir ses impressions. Finalement, ce n'est pas si difficile que ça de devenir une héroïne dans le monde d'aujourd'hui !

Alors, elle répète inlassablement la même chose à qui veut l'entendre :

« Je m'étais cachée dans la penderie à l'étage. J'étais terrorisée ! Vous pensez bien qu'il voulait clairement me tuer pour me faire taire ! Alors, quand il a ouvert la porte, je n'ai pas réfléchi ; je l'ai poussé de toutes mes forces ! Il a reculé, et comme ça ne suffisait pas pour le faire tomber, je l'ai à nouveau bousculé. Il a alors basculé dans l'escalier et s'est assommé. Comme il ne bougeait plus, je n'ai pas hésité, je lui ai lié les mains et les pieds, et ensuite j'ai prévenu les gendarmes… »

« Non ! Je ne me suis pas interrogée pour savoir s'il était mort. J'avais trop peur qu'il revienne à lui. Vous pouvez parier que s'il avait pu se relever, Dieu seul sait ce qui me serait arrivé ! Il y a fort à parier que je ne serais plus en mesure de répondre à vos questions à l'heure qu'il est ! »

« Pourquoi m'en voulait-il ? Mais parce que j'avais tout remarqué de ses manigances, et puis, j'avais aussi compris que sa complice, avec sa prétendue grossesse, n'était pas très nette. Ah, je ne vous avais pas encore parlé d'elle ? Attendez, je vais vous raconter… »

Et la sémillante septuagénaire de noyer ses interlocuteurs sous le flot des détails de ses observations des derniers jours, avec force gestes et mimiques.

Rapidement, Gisèle ne sait plus où donner de la tête. Ça n'arrête pas une seconde. Mais l'heure tourne et elle doit encore se préparer. France 3 vient l'interviewer ! Elle passera à la télé ce soir dans le journal régional. La consécration pour elle qui a toujours eu l'impression d'être transparente au regard des autres ! Elle en profitera pour mettre sa belle robe à fleurs qu'Émile aimait tant.

Elle a prévu de tout révéler devant les caméras. Tout ce qu'elle a vu de sa fenêtre pendant ces deux derniers jours. Il serait étonnant qu'après cela, le couple qui harcèle madame Vautier ose encore se montrer. Ils auront alors suffisamment à faire pour ne pas être arrêtés par la police !

« Ah, et puis après tout, c'est bien mérité, au moins ils auront vu ce qu'il en coute de s'attaquer à Gisèle Petit ! »

*

Depuis que Sidonie a appelé pour l'informer des derniers événements, Michel ne décolère pas. Rétrospectivement, il mesure les risques inconsidérés pris par Stéphanie. Quand il pense qu'il avait insisté pour qu'elle évite son logement pendant quelques jours !

164

Les deux femmes sont à Roubaix. Stéphanie ne craint donc plus rien dans l'immédiat. Le couple de voleurs, avec la publicité donnée à leur dernière intervention, se montrera discret. Il en est convaincu. Leur priorité sera de trouver une planque. Son expérience de policier lui a enseigné que l'organisation d'une cavale dans l'urgence n'est jamais une mince affaire.

Dans son entreprise, Michel a continué à agir comme si de rien n'était. Tant qu'il pourra couvrir les malversations de Julien, il le fera. Même si cela lui pèse. Question de principe. Ce matin, il a commencé à se renseigner auprès d'un collègue sur les conséquences qu'aurait la récupération frauduleuse par un concurrent des éléments d'un jeu. Il n'a pas vraiment été rassuré. Même sans le corps du programme, les répercussions pourraient être désastreuses pour la société et jeter au panier des centaines d'heures de travail. Son interlocuteur a cru le rassurer en minimisant le problème : « Mais ne t'en fais pas, sauf à ce qu'un salarié ripou soit impliqué, il n'y a pas de crainte à avoir ! »

Le responsable de la sécurité est lucide. Vu l'acharnement manifesté par le couple pour tenter de voler l'ordinateur, ce qu'il recherche est obligatoirement présent sur le disque dur. Et tant que le tout demeure en sa possession, les données sauvegardées dessus sont en sécurité.

Il s'occupera ce soir de dénicher une cachette plus appropriée que son véhicule, mais à cet instant, il a surtout envie de se focaliser sur autre chose. Après les événements des dernières heures, il a enfin l'opportunité de se recentrer sur sa famille. Eh bien, il va la saisir et reléguer pour un temps Julien Vautier dans un recoin de son esprit !

*

Hugo et Théo sont étudiants en électronique. Aujourd'hui, ils sont fiers d'eux. Ils viennent de mettre au point, dans le cadre de leur projet de fin d'études, une technologie capable d'ouvrir et de démarrer n'importe quelle voiture équipée d'une carte en quelques secondes. Un procédé révolutionnaire qui s'apparenterait à un passe universel et qui reléguerait aux oubliettes les techniques les plus sophistiquées jusqu'à présent utilisées.

Ils ont tous les deux parfaitement conscience du risque présenté par leur invention, mais ils s'en moquent. Ils se sont focalisés sur les applications pratiques et ont justifié leur démarche en estimant que leur découverte présentait des limites à une utilisation à des fins malveillantes, dans la mesure où les véhicules équipés d'un système de géolocalisation resteraient toujours traçables.

Dans l'euphorie d'avoir pu mener à terme une année de recherches semée d'embuches, ils exultent. Plus d'une fois, ils ont failli laisser tomber, découragés par des échecs à répétition, mais maintenant les résultats sont là. Enfin ! Des résultats encourageants et prometteurs. Les deux étudiants ont du mal à réaliser, conscients que les gadgets utilisés par les voleurs vont rapidement devenir une vaste plaisanterie,

166

comparés à ce qu'ils ont conçu. Ils ont déjà compris que des entreprises ou des particuliers seront prêts à payer des milliers d'euros pour leur invention. Ce qui signifie qu'avant même d'avoir entamé leur vie active, ils sont déjà potentiellement riches. Une raison supplémentaire pour ne pas s'embarrasser de scrupules en songeant aux dérives possibles.

Il leur tarde de pouvoir tester leur découverte sur des voitures choisies au hasard. Sur le parking d'une entreprise, ils devraient pouvoir dénicher la matière pour réaliser des tests. À Villeneuve-d'Ascq, près de la cité universitaire, ce n'est pas ce qui manque !

Arrivés à hauteur de l'enseigne « Adventure Life », une société conceptrice de jeux vidéo, ils décident de débuter les essais. Les chiffres sont rapidement impressionnants.

Sur les dix véhicules récents équipés de carte, tous se sont déverrouillés sans problèmes. Le temps d'ouverture à chaque fois n'a pas excédé deux secondes. Une performance. Les deux étudiants ont du mal à dissimuler leur joie.

Il leur reste maintenant à contrôler le démarrage. Un SUV gris éveille bientôt leur attention. Pas trop voyant, il devrait leur permettre de débuter un essai sur route en toute discrétion. Le but n'est pas seulement de démarrer la voiture. Ils doivent aussi s'assurer que celle-ci ne s'arrêtera pas au bout de quelques kilomètres, à défaut d'être à proximité de la carte de son propriétaire.

Les compères mettent en route le SUV sans difficulté. L'autoroute toute proche offre un cadre idéal pour valider définitivement le test. Après un quart d'heure, ils garent à nouveau le véhicule, satisfaits d'eux. Personne n'a remarqué leur escapade ! En plus, tout a fonctionné à merveille, et à aucun moment, le tableau de bord n'a signalé une quelconque anomalie.

Avant de quitter la voiture, ils inspectent par curiosité le coffre. Un PC de dernière génération s'y trouve parmi d'autres objets et documents sans intérêt. Hugo ne peut résister à la tentation, tout heureux à l'idée de rajeunir son équipement informatique vieillissant.

En verrouillant à nouveau le SUV, l'étudiant ne peut réprimer un sourire à l'idée du bon tour joué au propriétaire. Sans traces d'effraction, il en connait un qui mettra beaucoup de temps à rechercher une explication logique à la disparition de son ordinateur !

24

Olivier est demeuré en bas de l'immeuble. Stéphanie ne l'a pas invité à monter chez Sidonie. Il a la vague impression d'avoir été utilisé comme un taxi et ça l'agace.

Seul derrière son volant dans une ville de Roubaix qui ne lui est pas familière, il se demande quelle attitude adopter. Il trouve excessive la réaction de celle qu'il considérait déjà comme un peu plus qu'une amie. Qu'a-t-il fait d'autre que de déposer un baiser sur ses lèvres ? D'accord, il s'est trompé. Elle n'était visiblement pas prête à envisager aussi rapidement une relation avec un autre homme et il s'est mépris sur les signaux qu'il imaginait avoir reçus. Mais de là à l'ignorer à ce point !

Il avait compris dans la cuisine que quelque chose avait changé entre eux. À sa façon d'arranger distraitement dans un vase les fleurs qu'il venait de lui offrir ou d'éviter ses yeux à chaque fois qu'il lui adressait la parole. C'était pourtant bien elle qui l'avait invité à entrer : « Reviens ! Il faut qu'on parle tous les deux… » avait-elle crié alors qu'il s'éloignait. Il ne l'avait pas rêvé. Pourquoi se comportait-elle maintenant comme s'il était devenu transparent ?

Alors même qu'un début de dialogue commençait à s'instaurer, la soi-disant femme enceinte avait tout gâché. À sa vue, le comportement de Stéphanie avait changé du tout au tout. Elle avait frémi et n'avait plus eu qu'une seule idée en tête : quitter au plus vite sa maison ! Alors qu'il espérait profiter de la situation pour se rapprocher d'elle, le résultat avait été inverse, et pendant tout le trajet qui les menait chez Sidonie, elle n'avait ouvert la bouche qu'à de rares occasions. Elle avait fixé la route et à aucun moment n'avait posé le regard sur lui.

Olivier est en plein désarroi. Quelle décision doit-il prendre dans l'immédiat ? Faut-il qu'il considère déjà que tout est fini entre eux ? N'aurait-il pas tout simplement confondu amour et désir en fin de compte ?

À y songer, il s'est peut-être investi un peu vite dans une histoire qui n'est pas la sienne. Laurence lui a démontré hier soir qu'elle l'aimait toujours. Est-ce que cela ne serait pas ça le plus important en définitive ?

Au fond, c'est tout réfléchi. Il doit rentrer chez lui et relancer ses contacts pour reprendre le travail lundi ! Il est désormais temps pour lui de tourner la page. Il retrouvera sa femme ce soir et tout redémarrera comme avant. Enfin, il l'espère. Tant pis pour Stéphanie ! Elle peut compter sur des amis qui l'épauleront mieux que lui. Il ne doit plus se préoccuper d'elle. La veuve et ses enfants sont entre de bonnes mains.

La rue dans laquelle il est garé est tranquille. Quelques rares passants profitent du soleil pour prendre l'air. Il est bientôt midi. Il mangerait bien dans un resto plutôt que chez lui. Il en profitera pour effectuer quelques courses après, histoire de remplir le frigo. Il préparera à son épouse un repas qui sort un peu de l'ordinaire. Elle adorera et il doit arrêter de se prendre la tête. La vie n'est pas si compliquée quand on sait l'apprécier !

Tout à ses bonnes résolutions, Olivier est ramené à la réalité par un ding qui interrompt ses pensées. Son téléphone ! Un coup d'œil sur l'écran le renseigne aussitôt sur son auteur. Laurence ! Pour quelle raison… ? La première phrase qu'il parvient à lire, avant même d'accéder au texto, le met mal à l'aise : « Il faut que je te parle ! C'est urgent ! Je t'attends à la maison… ».

C'est en lisant la suite du message de son épouse, et surtout en regardant la vidéo qui l'accompagne, qu'il comprend. La petite vie tranquille à laquelle il aspirait est en train de prendre un tour inattendu et infiniment désagréable !

*

Après le court moment de soulagement qui a suivi la réapparition de David, un sentiment de désespoir a envahi Alex.

Tout en préparant ses bagages à la hâte, elle songe à quoi elle sera obligée de renoncer : la petite entreprise florissante, ce bel appartement qu'elle adorait. Tout ça par la faute de cet imbécile qui a voulu se payer une petite vieille !

Cinq minutes après l'arrivée de son compagnon, ils quittent leur logement pour se rendre sur la côte belge où ils possèdent un pied-à-terre au nom d'une société-écran. Alex préfère prendre le volant. Elle est trop énervée pour n'être que passagère. Conduire lui permettra de canaliser la rage qui couve en elle.

Depuis le retour de David, elle a peu parlé. Tout est encore confus dans sa tête. En l'espace d'un instant, elle a le sentiment d'avoir tout perdu et a des difficultés à l'accepter. Les mains crispées sur le volant, elle tente de rassembler ses idées. En vain ! La colère l'empêche de retrouver sa lucidité.

N'y tenant plus, la jeune femme apostrophe son compagnon :

- Tu étais vraiment obligé de tout gâcher ? Il a encore fallu que tu montres tes muscles. J'espère que tu te rends au moins compte qu'à cause de toi, non seulement nous n'avons plus de travail, mais qu'en plus nous pouvons dire adieu à notre appartement ?

- Ah ça va ! Elle nous avait vus ; je ne pouvais quand même pas rester sans rien faire ! Et puis entre nous, avec ton idée de mettre un faux ventre, on ne peut pas dire non plus que tu aies fait dans la dentelle !

- Mais bon sang ! Une petite vieille ! Tu réalises ! Si ça tombe, elle n'y voyait plus rien et elle aurait été bien incapable de nous reconnaitre !

- Je ne crois pas. Quand nos regards se sont croisés, j'ai bien senti qu'elle savait qui j'étais, d'autant qu'elle n'était pas si vieille ! Ah, et puis tu m'emmerdes avec tes critiques ! Je te signale tout de même que j'ai pris des risques pour m'enfuir de l'hôpital. Tu es consciente que, sans cela, je n'aurais pas pu t'avertir ? Tu aurais sans doute souhaité que les flics t'arrêtent à l'appart ? Tu pourrais au minimum me remercier !

- Non, mais je rêve ! Monsieur se fait assommer par une septuagénaire qui ne devait pas peser plus de cinquante kilos, et en plus, je devrais le remercier ?

- Bon Alex, on se calme ! D'accord, tu es en colère et j'ai merdé, mais on va d'abord devoir se serrer les coudes si on veut s'en sortir. Il va nous falloir trouver rapidement de l'argent. Le peu de liquide qu'on a emporté ne nous permettra pas d'aller bien loin. On va devoir rapatrier une partie des fonds qu'on a planqués à l'étranger. Quand je pense à tout l'argent qu'on a laissé à l'appart ! De toute façon, il ne faut pas avoir de regrets. On entendait déjà les sirènes des flics et on ne pouvait plus s'attarder.

- Ça me gonfle de te le dire, mais pour une fois, je dois admettre que tu as raison. On devait partir. On n'avait plus le choix. Mais j'y pense ! Tu as regardé si on parlait de nous sur les réseaux sociaux ?

- Attends ! Oh putain, c'est pas vrai !

- Quoi ? Parle, tu m'inquiètes !

- La petite vieille…

- Quoi, la petite vieille ?

- Eh bien, elle se vante partout d'être venue à bout d'un homme qui voulait la tuer. Et le moins qu'on puisse dire, c'est que pour une personne du troisième âge, elle a de bons yeux ! Vu le luxe de détails qu'elle utilise pour me décrire, j'ai l'impression d'être devant un miroir ! Je peux même te dire

173

que tu n'es pas non plus passée inaperçue. Dans son récit, elle n'a oublié aucun des traits de ton visage !

- Oh, merde…

- Je crois que c'est le mot exact pour décrire la situation dans laquelle nous sommes !

- Il faut absolument que Dupont nous paye ce qu'il nous doit ! Je n'ai pas l'intention de renoncer à cet argent. Après tout, on en a assez bavé sur ce contrat. Quand je songe que ce type avait oublié de nous prévenir de la mort de Julien Vautier.

- Je n'ai pas non plus l'intention de faire une croix dessus ! Même si je suis convaincu que le balafré ne manifestera pas beaucoup d'empressement pour nous régler. Il va falloir nous montrer persuasifs !

- J'en ai plus que marre de tout ça ! Mais s'il est nécessaire de recourir à la force pour parvenir à nos fins, on ira jusqu'au bout !

- Ah bon ! Alors maintenant, madame serait d'accord pour que je montre mes muscles ?

- David…

- Oui ?

- Tu m'énerves !

- Ravi de voir que tu as retrouvé ta bonne humeur. Et comment vas-tu faire pour le retrouver, s'il ne nous contacte pas ?

- Ah pour ça, j'ai ma petite idée, mais avant tout, il va nous falloir modifier notre apparence !

25

Tout en déjeunant, Michel réfléchit et pense avoir trouvé la solution. Quelle meilleure cachette que son entreprise pour conserver le PC de Julien ? Qui songerait à le chercher sur le lieu même où se sont produites les fuites ? D'ailleurs, il n'est pas illogique de penser que si le PC est stocké à l'intérieur de la société, on ne peut plus vraiment parler de vol de données à destination d'un concurrent.

Conforté par son interprétation de la situation, Michel se dirige vers sa voiture. La confession écrite prendra la direction de la broyeuse, ainsi l'honneur de Stéphanie et le sien seront saufs et l'affaire pourra être classée. Un appel de Sidonie l'a informé que le duo de voleurs était en cavale. Il serait donc surprenant qu'il continue à importuner qui ce soit. Les deux comparses doivent avoir d'autres chats à fouetter dans l'immédiat. L'ancien policier peut enfin être soulagé. Les problèmes liés à Julien sont derrière lui !

En rejoignant son véhicule, le responsable de la sécurité a une impression étrange :

« Ah bon, c'est là que je l'avais garé ? C'est bizarre, j'étais pourtant sûr de l'avoir stationné à côté de cet arbre ! Bah, ça doit être les événements des derniers jours qui me rendent parano ! »

À dix mètres près, Michel ne se pose pas davantage de questions. Qui se serait amusé à déplacer son SUV de seulement quelques mètres ? Son bip déverrouille normalement les serrures. Pas de trace de tentatives d'effraction. Heureusement que le week-end arrive. Il a vraiment besoin de souffler !

Avant de récupérer l'ordinateur, il jette un coup d'œil autour de lui. Personne. Inutile d'attirer l'attention. Des collègues pourraient trouver étrange qu'il se balade avec un portable dans le cadre de son travail. Il va utiliser la couverture qu'il garde sur la banquette arrière, à côté du siège bébé, cela sera toujours plus discret pour transporter le PC jusqu'à son bureau.

« Non, ce n'est pas vrai ! »

Son collègue Simon vient d'entrer sur le parking et regarde dans sa direction. Il est désormais inutile qu'il tente de se dissimuler. Ce dernier l'a vu et se dirige droit sur lui.

- Ah Michel, tu tombes bien ! Je cherchais quelqu'un pour déjeuner avec moi. Tu as mangé ?

- Euh oui, j'ai déjà pris un sandwich à la boulangerie. Désolé, ça sera pour une autre fois ! Mais si tu veux, on peut se faire un resto à deux la semaine prochaine ?

- D'accord, et pour ce midi, je vais voir avec François si lui n'a pas encore déjeuné. Je te laisse. On se voit tout à l'heure à la réunion du comité de pilotage ?

- Ok ! À tout à l'heure !

Tandis que Simon s'éloigne, Michel réalise l'état de tension qui est le sien. Il est vraiment temps que l'ordinateur soit mis en sécurité dans son bureau pour qu'il n'ait plus à s'en soucier. Trouver quelque chose pour pouvoir le transporter en toute discrétion ne lui prendra que quelques secondes.

Il ouvre fébrilement le coffre. Et c'est en découvrant, incrédule, son contenu qu'il est obligé de se rendre à l'évidence : le précieux portable a disparu !

*

Olivier a parcouru les derniers kilomètres en appréhendant la réaction de Laurence.

Et d'abord, qui a pu lui envoyer cette vidéo ? Il ne voit pas qui pourrait souhaiter lui nuire au point de vouloir détruire son couple. Car quel serait le motif d'un tel acte, si ce n'est la volonté d'ébranler la confiance que sa femme a placée en lui ? Il ne croit pas à l'intervention d'un détective privé. Ce n'est pas le style de son épouse, et puis ça lui semble trop rapide ; elle l'enlaçait encore au petit déjeuner. En deux heures de temps, il aurait fallu qu'elle change radicalement d'attitude et déniche un professionnel disponible sur-le-champ. Peu crédible ! Alors qui ?

À moins que, comme il le pressentait, Laurence n'ait réellement un amant ? Un rival qui aurait pu avoir intérêt à utiliser ce stratagème pour le discréditer ? Quand il y réfléchit, c'est un peu tiré par les cheveux, mais pas impossible. Ça expliquerait aussi la présence près de chez lui du conducteur de l'auto dans laquelle il l'a vu monter deux jours plus tôt. L'explication qu'elle lui avait fournie de la supérette lui avait alors paru curieuse, mais comme de son

177

côté il n'avait pas non plus été irréprochable, il avait jugé préférable de ne pas insister. Eh bien, il aurait dû ! L'homme providentiel qui s'arrête pour faire monter la princesse dans un carrosse, cela ne se voit que dans les contes de fées !

Mais alors, cela change tout. Il n'a pas à culpabiliser, d'autant plus que le film a été volontairement tronqué. Il manque la scène de la gifle que lui a donnée Stéphanie.

Olivier est rassuré. Il préfère discuter avec Laurence sur un pied d'égalité. Il y va de l'avenir de son couple. Si l'hypothèse de l'amant se vérifie, il a l'occasion de discréditer le rival de manière définitive, quitte à demander à Stéphanie de révéler ce qu'il s'est réellement passé entre eux !

Pourquoi à chaque fois qu'il pense à cette dernière, a-t-il le cœur qui s'emballe ? Il doit l'oublier. Il n'y a pas d'avenir possible avec elle ! Elle a été claire sur ce point. Il en conserve un souvenir cuisant. La réaction sans ambiguïté de Stéphanie après son baiser malencontreux est là pour le lui rappeler.

Alors pour quelle raison son esprit est-il toujours aussi confus à l'instant où il pousse la porte de son domicile ?

∗

Monsieur Dupont a ses habitudes. Il aime ce petit troquet et l'a toujours fréquenté assidument. Il ne craint pas que quelqu'un le reconnaisse. Il prend ses précautions. Il paye en liquide et porte toujours des lunettes noires ! Une fois, le patron du resto lui a demandé pourquoi. Il a prétexté une hyper sensibilité à la lumière.

Aujourd'hui, il est fatigué et stressé. Le contrat qui le lie à un gros concepteur de jeux américain tourne au vinaigre et il ne sait pas comment rattraper le coup. Alors pour une fois, il n'a pas pris le temps de soigner son apparence. La cicatrice en forme de L sur son menton a été un peu négligée. Il n'a pas utilisé la photo qu'il a prise pour la reproduire à l'identique. Mais c'est aujourd'hui le cadet de ses soucis, et d'abord, qui remarquerait un tel détail alors qu'il lit seul son journal dans un coin ?

L'idée de la cicatrice lui est venue en lisant un article qui relatait que les témoins avaient toujours tendance à se focaliser sur un aspect physique en oubliant le reste. Quoi de mieux qu'une particularité bidon sur un visage pour passer inaperçu ?

Pourtant à cet instant, ses préoccupations sont tout autres. Il a appelé cette Alex pour la prévenir qu'il rompait toute relation avec elle, et curieusement, elle n'a pas réagi. Comme si elle s'y attendait !

La jeune femme, qu'il considérait auparavant comme peu commode, n'a pas davantage manifesté d'émotion quand il lui a signifié qu'il ne réglerait pas le solde de la somme prévue au contrat. Elle a acquiescé et raccroché. Après coup, il s'en est étonné. Il n'aurait pas cru que cela serait aussi simple.

« Ah, et puis après tout, tant mieux ! C'est toujours un souci en moins ! »

Il est d'ailleurs surpris qu'elle ait réussi à entendre ce qu'il avait à lui dire, tant il y avait du monde autour de lui.

Son soulagement est de courte durée. Il reste le problème de l'ordinateur à récupérer. Financièrement, il n'a pas le choix. Il y a trop d'argent en jeu.

Comment ces imbéciles ont-ils pu le louper par deux fois ? Il aurait dû être sur le bureau avec les deux autres. C'est quand même incroyable qu'ils ne l'aient pas trouvé !

Il va devoir se débrouiller seul. Comme d'habitude ! C'est d'ailleurs ce qu'il aurait dû faire dès le départ, tant le recours à ce couple d'amateurs s'est révélé désastreux. Et dire qu'il lui avait été recommandé !

*

Alex a la confirmation de ce qu'elle anticipait. Ce salopard ne leur réglera pas le solde. Ils n'étaient pas encore arrivés sur la côte belge quand il les a contactés. Elle a cependant un motif de satisfaction. Elle sait maintenant qu'elle ne s'était pas trompée. Monsieur Dupont a ses habitudes. Les bruits entendus autour de lui en sont la preuve.

C'est d'un café restaurant qu'il a appelé. Elle en est sûre. Les verres qui s'entrechoquent, le brouhaha caractéristique d'un lieu à l'heure où les gens déjeunent. Cela ne peut être que ça et il y a fort à parier que c'est l'endroit où elle l'a rencontré hier. Elle le jurerait. N'a-t-elle pas cru entendre pendant leur conversation quelqu'un héler un certain René pour réclamer un café ? Ne serait-ce pas le même René qui les a servis la veille, dont le prénom apparaissait sur l'addition ?

Ah ! Monsieur Dupont a ses habitudes et prend manifestement ses repas toujours au même endroit ! Eh bien, il va voir ce monsieur Dupont ce qu'il en coute de ne pas honorer sa part du contrat ! On ne les surnomme pas dans le milieu les Bonnie and Clyde des Hauts-de-France pour rien !

26

Sidonie exulte. Dès qu'elle l'a découvert sur un fil d'infos, elle a tenu à en informer son compagnon : les cambrioleurs sont en fuite. Les policiers ont failli les interpeller à leur domicile, mais ce n'est que partie remise. Leur signalement a été diffusé un peu partout. Ils ne pourront échapper encore longtemps aux forces de l'ordre. Et tout ça grâce à une retraitée, une certaine Gisèle Petit !

Elle embrasserait bien la courageuse septuagénaire si elle l'avait en face d'elle !

L'article lui a confirmé que les deux voleurs étaient également les individus qui avaient exercé des menaces à l'encontre de son amie en lui adressant une balle de pistolet. Les policiers avaient pu en arriver à cette conclusion grâce au sens de l'observation de la retraitée.

Même si Michel et elle se doutaient depuis le début qu'il ne pouvait s'agir que des mêmes personnes, elle s'en trouve soulagée. Alors qu'elle vient de coucher Léo, elle rejoint Stéphanie dans le salon.

- Michel est confiant. Il pense qu'ils ne remettront plus les pieds chez toi. Le duo est désormais recherché et ne prendrait pas le risque de revenir sur Camphin. Il est convaincu que tu peux maintenant retourner à ton domicile sans risque.

- Super ! Je vais enfin pouvoir retrouver un peu de tranquillité après les événements des derniers jours. Et puis la vie dans un hôtel, à quelques kilomètres seulement de chez moi, ça ne m'inspirait pas vraiment. Cela ressemblait à des vacances sans en être et ça perturbait mes ados, alors qu'ils aspirent au calme tout autant que moi. Ah c'est vrai ! Je ne te l'ai pas encore dit… Tu sais qu'Olivier, le type dont je t'ai parlé, a essayé de m'embrasser ?

- Tu plaisantes ?

- Même pas ! Je m'étais bien rendu compte que je ne lui étais pas indifférente. Mais de là à penser qu'il allait, sans prévenir, poser ses lèvres sur les miennes. Comme si j'avais la tête à ça en ce moment ! C'est terrible les mecs ! Tu discutes avec eux, tu leur fais un sourire, et tout de suite après ils s'imaginent qu'ils peuvent te mettre dans leur lit.

- D'un autre côté, à la façon dont tu m'en avais parlé, j'avais l'impression que tu n'étais pas non plus insensible à son charme viril ! Et puis, même s'il est encore un peu tôt depuis la mort de Julien, n'oublie pas non plus que tu es une femme séduisante qui a encore une bonne partie de sa vie devant elle !

- Je sais que tu as raison. Mais, même si notre mariage n'était plus au top depuis quelques mois, j'ai encore des scrupules. Julien demeure le père de mes enfants. Et puis, tout est encore trop confus dans ma tête. J'ai besoin d'y voir plus clair avant de retomber dans les bras d'un homme. Et ce type, c'est quand même lui qui est à l'origine du décès de Julien ! Ça serait un peu glauque, tu ne trouves pas ? En plus, il est marié et je n'ai aucune envie de me lancer dans une histoire d'amour compliquée. Enfin, une dernière chose... Mais tu ne peux pas le savoir, puisque tu ne l'as encore jamais rencontré.

- Quoi ?

- Olivier ressemble à quelqu'un que tu connais bien ! Au début, je n'avais pas vraiment fait attention, mais très vite, c'est devenu une évidence !

- Tu m'intrigues ! À qui ?

- Tu veux vraiment le savoir ?

- Arrête de me faire languir ! Dis-moi à qui !

- Il ressemble à Michel, en un peu plus vieux. Tu nous vois toutes les deux avec des mecs qui seraient des copies conformes ? Toi avec la version trentenaire et moi celle de cinquante ans. Tu ne trouves pas que ça ferait un peu... bizarre ?

- Tu plaisantes ? On pourrait même se les prêter de temps en temps. Tu imagines au lit ?

- N'importe quoi ! Je me bouche les oreilles. Je n'ai rien entendu. Et c'est une jeune mère de famille qui me dit ça ? C'est honteux !

Sidonie est hilare et ravie de voir son amie retrouver un peu de sa joie de vivre. Stéphanie a les joues légèrement rosées. La voix un peu hésitante quand elle prononce le prénom d'Olivier. La compagne de Michel n'est pas dupe : l'histoire entre ces deux-là n'est pas terminée, même si la principale intéressée ne veut pas se l'avouer !

*

Laurence a pris son après-midi. C'est peu dire que le message de son ancien amant l'a perturbée. Voir Olivier en embrasser une autre, qui plus est après lui avoir offert un bouquet d'iris bleus - des fleurs qu'elle-même adore -, n'est pas passé. Même si de son côté, elle doit bien admettre qu'elle s'est retrouvée plus d'une fois dans la position de cette femme, à accepter des fleurs d'un autre homme que le sien !

Elle a également peu apprécié le geste de Thibault. Il lui a adressé cette petite vidéo dans le but évident de la reconquérir et cette façon de procéder lui a déplu. Elle s'arrangera pour qu'il le sache. Mais pour le moment, elle affronte une tout autre épreuve. Olivier est face à elle et il tente de s'expliquer.

Alors qu'elle s'attend à le voir abattu, tout penaud d'avoir été pris en faute, c'est un époux sûr de lui, peu désireux de jouer la victime expiatoire, qui s'adresse à elle.

- Pour la troisième fois, il ne s'est rien passé. Tu n'as vu qu'une partie de la scène. Je voulais la remercier en lui offrant des fleurs, et puis, je ne sais pas ce qui m'a pris à ce moment-là, j'ai voulu l'embrasser. Mais elle m'a alors repoussé ! Brutalement même, puisqu'elle m'a giflé. Mais ça, celui qui t'a envoyé cette petite vidéo s'est bien gardé de te le dire ! Et d'abord, qui peut être assez tordu pour suivre un type comme moi et le filmer à son insu ? Cela ne serait pas

185

ce conducteur mystérieux qui t'a, soi-disant, déposée à la supérette l'autre soir ?

La discussion ne prend pas vraiment la direction souhaitée par Laurence. Alors que rien ne le laissait présager, elle se retrouve dans la situation de l'arroseur arrosé ! Elle ne peut plus faire machine arrière. Elle va devoir livrer à Olivier une partie de la vérité. Une vérité un peu enjolivée, mais tant pis ! C'est à cette seule condition qu'elle évitera à son couple le naufrage. Elle peut difficilement lâcher sans préambule à son mari qu'elle navigue depuis plusieurs mois entre un autre homme et lui !

- Bon, c'est vrai, j'ai bien eu une liaison, mais ça n'a pas duré. Tu dois me croire. C'était une erreur de ma part et tu ne peux pas savoir à quel point je la regrette encore tous les jours. J'ai d'ailleurs pris la décision de rompre quand tu as eu ton accident. J'ai alors compris que rien ne comptait plus que toi. Et depuis, il me harcèle. C'est bien lui qui conduisait la voiture dans laquelle je suis montée. Tu avais raison ! Il a insisté et j'ai fini par le rejoindre. Mais je n'avais rien prémédité ce soir-là, je voulais simplement profiter de l'occasion pour mettre définitivement les choses au point ! Mais visiblement, le message n'est pas passé…

En minimisant les faits, Laurence espère qu'Olivier acceptera plus facilement son « incartade ». C'est mal connaitre son mari qui a eu la confirmation de ce qu'il soupçonnait.

- Et dire que madame me fait une scène pour un simple baiser ! Donc hier soir, tu m'as menti ? Tu m'as regardé droit

186

dans les yeux et tu m'as menti. Et maintenant, tu voudrais que je te plaigne ! Tu me dégoutes. J'ai besoin de prendre l'air. J'étouffe dans cette pièce qui pue l'hypocrisie !

Vlan ! Olivier part en claquant la porte, avant même qu'elle ait pu ajouter autre chose.

Laurence a joué avec le feu en jonglant entre deux hommes. À présent, elle s'en mord les doigts. Restée seule avec son désespoir, elle commence par éclater en sanglots. Pourquoi a-t-il fallu qu'elle se mette dans une situation pareille ? Elle pensait pouvoir trouver un équilibre entre deux hommes et aujourd'hui elle en paye le prix :

« Quelle conne je fais ! Je l'ai bien cherché. J'espère maintenant qu'il ne va pas commettre une bêtise ? Quand il est dans cet état, je sais qu'il est capable de tout. Je dois contacter cette femme qui lui a retourné la tête ! Si elle n'a rien à se reprocher, elle pourra m'aider ! J'ai son nom, je connais le village où elle habite. Cela serait bien le diable si je n'arrivais pas à mettre la main sur son adresse complète ou son numéro de téléphone dans les papiers d'Olivier ! »

Ragaillardie par sa décision, Laurence sait que rien n'est acquis, mais elle a encore espoir de récupérer son mari. Elle devra mentir. Encore et toujours ! Ou tout au moins déformer la vérité. Elle doit réagir si elle ne veut pas le perdre ! C'est décidé : elle doit se rendre directement chez sa rivale et non se contenter de l'appeler. C'est bien là qu'elle aura le plus de chance de retrouver son homme.

Pourtant, si l'épouse d'Olivier avait pu prédire l'avenir, elle serait restée sagement chez elle. Elle n'aurait pas choisi de se rendre chez la jeune veuve. Elle se serait contentée de lui téléphoner et d'attendre. Elle aurait regardé distraitement une émission sans intérêt à la télévision, et pour se changer les idées, se serait enivrée d'un excellent champagne, conservé au frigo au cas où…

Oui, si Laurence avait su, elle se serait abstenue ! Et de cette façon, aurait évité d'être le lendemain au cœur du drame qui se jouerait dans l'ancienne ferme !

*

Depuis qu'elle est arrivée sur la côte belge, Alex fait les cent pas. Elle ne digère pas son échec. Elle a dû fuir et abandonner une partie de ce qu'elle avait mis des années à bâtir. Un crève-cœur pour elle. Elle peut toujours blâmer David, mais elle doit admettre aussi qu'elle n'a pas non plus été à la hauteur.

Cloitrés dans leur nouveau logement, les deux associés s'apprêtent à modifier leur couleur de cheveux. Alex sera blonde et David brun. Avec en plus, des lunettes de soleil pour elle et une moustache pour son compagnon, ils devraient pouvoir se fondre dans la masse sans trop de difficultés.

En ce vendredi de fin mai, le ciel est magnifique. La jetée est noire de monde. La tentation serait grande de lézarder au soleil pour simplement profiter de la journée. La jeune femme pourrait ainsi lever le pied et jouir de l'appartement de cent mètres carrés avec une vue imprenable sur la mer qu'elle a meublé avec soin. Un pied-à-terre intraçable au nom d'une société-écran, tout comme la voiture utilisée pour quitter Lille dans la précipitation.

En plus, comme il ne faudra sans doute pas très longtemps avant que l'affaire ne retombe au rayon des faits divers et que plus personne ne se soucie d'eux…

Et pourtant, malgré tous les changements qui s'amorcent, Alex n'est pas dupe. Tant qu'elle n'aura pas récupéré ce qu'elle estime être son dû, elle ne pourra pas tourner la page. Elle a localisé où monsieur Dupont a ses habitudes. C'est un bon point et il lui tarde de passer à l'action !

La jeune femme l'a bien compris : malgré leur discussion dans la voiture, David est en train de changer d'avis. Sa récente arrestation l'a secoué plus qu'il ne veut l'admettre et il n'est désormais plus favorable à l'idée d'une nouvelle intervention sur cette affaire. Elle devra donc agir seule. Avec les fonds qu'ils détiennent à l'étranger, ils ont suffisamment d'argent pour se faire oublier quelques mois, et étrangement, cela suffit à son partenaire.

Quel pauvre abruti ! Il ne se rend pas compte que maintenant tout est à reconstruire. Leur crédibilité a été entamée sur cette affaire et il importe à présent de rétablir la confiance de leurs clients. Sans cela, ils pourront dire adieu à leur lucratif business. À l'heure qu'il est, elle ne préfère même pas imaginer ce qui se dit sur eux.

Demain, elle se rendra au restaurant à l'heure du déjeuner. C'est à ce moment-là qu'elle aura le plus de chance d'y trouver celui qui est à l'origine de leurs ennuis. Elle ne préviendra pas David. Il lui a déjà causé suffisamment de soucis sur cette mission. Elle agira seule, et cette fois, elle prendra soin d'être armée !

27

Michel n'arrive toujours pas à comprendre ce qui a pu se produire. Il était certain d'avoir laissé l'ordinateur dans le coffre et il n'y a pas de trace d'effraction, alors comment ?

Cette impression qu'il a eue tout à l'heure que sa voiture n'était plus à la même place : se pourrait-il que quelqu'un l'ait déplacée pour simplement s'amuser, après avoir trouvé le moyen de la déverrouiller ?

En tant qu'ancien représentant des forces de l'ordre, il sait que ce procédé pour voler les voitures existe et que les SUV sont des véhicules recherchés. Mais dans ce cas, pourquoi se donner du mal pour l'ouvrir et la démarrer, si c'est ensuite pour la stationner quasiment au même endroit ?

Plus il réfléchit, et plus il se dit que la disparition du portable est un dommage collatéral. Un vol par opportunité d'un individu qui n'était pas venu pour cela au départ. Et d'ailleurs, qui aurait pu savoir qu'il transportait dans son coffre un PC, renfermant le corps du programme d'un nouveau jeu de combat très attendu ? En proie au doute, il prie pour ne pas se tromper, sinon ses problèmes risquent de resurgir alors qu'il les pensait derrière lui.

Depuis qu'il est revenu de sa pause déjeuner, Michel est préoccupé et peine à se concentrer sur son travail. Sidonie l'a rappelé pour lui dire qu'elle attendait la fin de la sieste de Léo pour raccompagner Stéphanie chez elle. Il a

191

préféré ne pas évoquer au téléphone l'incident. Tout au plus, lui a-t-il confirmé qu'il les rejoindrait à l'ancienne ferme, en fin de journée. Mais encore vaudrait-il mieux pour lui que le comité de pilotage qui doit débuter dans dix minutes ne se prolonge pas ! Il exècre ce type de réunion où chacun fait son show pour essayer de ramener la couverture à lui. Il lui a donné un petit surnom : « Le bal des arrivistes ». Pour un peu, il en arriverait presque à regretter ses années dans la police à chaque fois qu'il doit y participer.

Il vient tout juste de terminer de rédiger le plan d'action sécurité qu'il doit détailler cet après-midi. Son intervention figure en quatrième position dans l'ordre du jour. C'est un soulagement, mais aussi une chance inespérée, car cela lui permettra de quitter discrètement la salle si les présentations s'éternisent. Il plaint son collègue Simon qui communiquera les résultats financiers du premier trimestre en toute fin de comité. L'inconvénient d'être le dixième et dernier intervenant, surtout à la veille d'un week-end !

Un point le tranquillise. Les menaces qui planaient sur Stéphanie se sont éloignées. Les deux individus qui ont visité sa maison sont en fuite. C'est la raison pour laquelle il a jugé qu'elle pouvait sans risque réintégrer le logement avec ses enfants. Car qui serait assez fou pour revenir sur le théâtre de ses exploits, alors même qu'il est recherché par la police ?

*

Olivier est parti rapidement en refusant la confrontation. Il le regrette. Maintenant au volant de sa voiture et en proie à une grande confusion, il ne sait où aller.

Laurence a envie à l'évidence de donner une nouvelle impulsion à son couple et cela le rassure. Il a pourtant encore du mal à admettre la trahison de sa compagne, d'autant qu'il la soupçonne d'avoir menti en minimisant la longueur de sa liaison. Alors à quoi bon ressasser le passé ? Elle l'aime encore. C'est un fait établi. Aussi à quoi cela servirait-il de révolutionner sa vie en la quittant ?

Comme beaucoup d'hommes, Olivier craint de sortir de sa zone de confort. Il aime sa compagne, mais tout autant sa maison. Il est réaliste ; pas plus Laurence que lui ne se résignera à s'en séparer sans un pincement au cœur. Ils se sont trop impliqués tous les deux à la rénover et à l'embellir pour en arriver là. En plus, il ne sait que trop les conséquences qu'un divorce aurait sur sa petite entreprise de transport. Sa femme détient des parts et il devrait lui racheter. C'est une évidence : la vente de leur habitation serait alors la seule solution pour se procurer des fonds. Et ça, il n'en est pas question !

Maintenant qu'il est sorti en claquant la porte, il peut difficilement réintégrer trop vite son logement, sous peine de passer pour un faible aux yeux de son épouse. Il va rentrer, mais pas tout de suite. Il veut d'abord lui montrer à quel point il désapprouve son attitude, en désertant pour quelques heures le foyer conjugal.

Machinalement, il emprunte l'autoroute A1 en direction de Lille. À cette heure-ci, la circulation est fluide. Arrivé à hauteur de l'aéroport de Lesquin, il songe à ce voyage qu'il reporte depuis si longtemps avec Laurence. Un avion décolle. Il se surprend à le suivre des yeux. Partir à deux pour une destination ensoleillée serait un bon moyen pour redémarrer sur de nouvelles bases. Ou pas...

La façon dont s'est terminée le matin même la discussion avec Stéphanie lui a laissé un gout amer. Quand il l'a déposée, il a réellement eu l'impression qu'elle l'avait pris pour un taxi. Et ce n'est pas le « merci ! » froid et impersonnel qu'elle a lâché du bout des lèvres, avant de descendre de voiture, qui a arrangé les choses. Il aimerait maintenant se retrouver en face d'elle pour lui dire ce qu'il a sur le cœur. Leur courte « relation » ne peut se terminer sur un malentendu.

Tout se passait pourtant bien dans la cuisine chez elle. Il la sentait réceptive. Elle acceptait enfin de l'écouter. Il était à deux doigts de lui prendre la main. Il ne pense pas qu'elle aurait mal perçu son geste. Il est même persuadé qu'elle ne l'aurait pas repoussé. Et il a fallu que déboule cette fausse femme enceinte qui a tout gâché ! C'est une évidence pour lui : il ne peut laisser la situation en l'état.

Aussi quand il arrive au niveau de la sortie « autoroute de Bruxelles », qui conduit au village de celle qui occupe son esprit, il n'hésite pas une seule seconde et emprunte la desserte !

194

*

Gisèle est exténuée. Les journalistes n'ont pas arrêté de défiler chez elle. Même les grandes chaines nationales se sont intéressées à ses exploits ! Elle est flattée du soudain intérêt qu'on lui porte, mais également surprise. Après tout, elle n'a fait que se défendre instinctivement face à un agresseur. Si elle devait réitérer son geste, elle ne sait même pas si elle y parviendrait. Sans doute se poserait-elle trop de questions !

À cet instant, la septuagénaire éprouve surtout le besoin de souffler. Aussi pour la première fois de la journée, elle laisse le téléphone sonner. Elle se verse un porto, celui qu'habituellement elle aime tant siroter le soir, et s'assoit dans un fauteuil. Elle prend machinalement la télécommande pour allumer la télévision et zappe sans trouver une émission à son gout. En ce milieu d'après-midi, même *Affaire conclue,* qu'elle apprécie en général, ne trouve grâce à ses yeux. Alors elle baisse le son et laisse les images défiler sur l'écran, sans véritablement les regarder. Plus pour ressentir une présence que par réel intérêt.

Les jumelles trônent sur le guéridon juste à côté d'elle, comme pour la narguer. Gisèle se rappelle les paroles d'un des gendarmes venus l'interroger :

« Vous avez eu de la chance pour cette fois, alors s'il vous plait madame, à partir de maintenant, laissez-nous faire notre métier et arrêtez de jouer les détectives. D'ailleurs, je tiens à vous signaler que passer les journées à espionner les voisins n'est pas vraiment encouragé par la loi... »

195

Gisèle hésite, essaie une dernière fois de se concentrer sur l'écran et n'y tenant plus s'empare de son accessoire préféré. Elle n'a pas à les ajuster. Elles sont déjà réglées pour la zone qui l'intéresse. Elle n'a alors qu'à les pointer dans la direction de l'ancienne ferme, sans davantage tenir compte de la remarque du représentant de l'ordre.

« Ah, et puis zut ! Un petit coup d'œil pour se rassurer ne mérite quand même pas la prison ! »

28

- Que fais-tu ici ? Tu m'attendais ?

Stéphanie est furieuse. Elle vient d'arriver chez elle avec Sidonie et a découvert Olivier qui poireautait devant la porte d'entrée.

- Mais c'est pas vrai ! Tu n'as donc rien compris ! J'ai besoin de respirer. Tu es un mec bien, tu es gentil, mais c'est trop tôt. Beaucoup trop tôt ! Et puis, tu as une femme à ce que j'ai compris ? Je n'ai aucune envie de me lancer dans une liaison avec un homme marié !

La propriétaire des lieux a réagi sous le coup de l'émotion, en oubliant son amie occupée à sortir Léo de son siège enfant. La jeune femme a tout entendu. Elle a compris l'identité du visiteur. Elle sourit.

- Alors, tu ne nous présentes pas ? Mais… Waouh, tu ne m'avais pas menti ! C'est bien la copie conforme de Michel avec quelques années de plus !

- Euh, Olivier, je te présente Sidonie !

- Bonjour ! Je suppose que vous êtes la compagne de Michel ?

- Vous supposez bien ! Et vous le routier qui vient au secours des veuves éplorées ?

- Euh, on peut le dire comme ça ! Mais je ne vais pas vous ennuyer plus longtemps. Je vais vous laisser, et puis tes garçons ne vont pas tarder à rentrer ! dit-il en regardant Stéphanie.

- Mes ados, bon sang, j'ai oublié de les prévenir qu'ils pouvaient revenir à la maison. J'ai aussi laissé quelques affaires à l'hôtel. Il va falloir que j'aille les récupérer !

- Écoute, je dois donner le biberon à Léo. Je vais rester ici à attendre Michel. Il ne devrait pas tarder. Il m'a dit qu'il nous rejoignait en fin d'après-midi. Tu n'as qu'à y aller avec Olivier. Au fait, j'y pense : on pourrait se faire une pizza-party tous ensemble ce soir ? J'ai pris ce qu'il faut pour le dernier repas de Léo et j'ai son pyjama. Enfin, si tu es d'accord !

Stéphanie regarde la jeune mère en fronçant les sourcils. C'est bien elle de ne pas pouvoir s'empêcher de jouer les entremetteuses.

« Et en plus, elle l'invite à manger sans même me demander mon avis ! », fulmine-t-elle intérieurement.

Un clin d'œil de Sidonie lui redonne le sourire. Olivier attend sa réponse en silence, suspendu à ses paroles.

- Oh, et puis pourquoi pas ! Mais en tout bien tout honneur, et Olivier, tu dis à ta femme de se joindre à nous !

- Euh, elle n'est pas à la maison ce soir. Elle passe la soirée chez sa sœur et elle ne pourra pas nous rejoindre. Il est inutile que je lui pose la question, c'était prévu depuis longtemps !

Le mensonge n'est pas le meilleur moyen pour entamer une relation, mais à cet instant le quinquagénaire n'en a cure. Subjugué par Stéphanie, il a décidé de reléguer sa femme au second plan. Pas sûr qu'elle apprécie, mais finalement, il ne fait que lui rendre la monnaie de sa pièce. Et après tout, comme sa nouvelle amie l'a si bien dit, il ne se passera rien entre eux. Il est ce soir un invité comme les autres. Enfin, presque comme les autres !

*

Laurence est tendue. Elle s'apprête à découvrir la demeure de sa rivale. Si elle ne se trompe pas, c'est là qu'elle trouvera son mari !

Dernier kilomètre, si elle a correctement renseigné l'adresse dans son GPS. Adresse qu'elle a fini par dénicher inscrite sur un bout de papier, négligemment abandonné par son mari sur le bureau où il range ses affaires.

« Cela doit être cette ancienne ferme. Gagné ! Et en plus, sa voiture est garée dans la cour. Mon intuition était donc la bonne. Il est venu ici directement après notre engueulade de tout à l'heure. Quel toupet ! Il ne se cache même plus pour se rendre chez sa maitresse ! »

La colère a succédé à l'anxiété. Elle se gare précipitamment et déboule dans la cour, prête à en découdre. Par ce milieu d'après-midi ensoleillé, la porte d'entrée est restée ouverte. L'épouse courroucée hésite à entrer sans frapper. La crainte de ce qu'elle pourrait surprendre la conduit à reculer et elle se résout alors à sonner.

- Oui ! Oui ! J'arrive…

Une jeune femme qu'elle n'a jamais vue se présente dans l'embrasure avec un bébé dans les bras. Pas vraiment la personne que Laurence s'attendait à voir.

- Euh, je cherche mon mari. J'ai vu sa voiture dans la cour…

Sidonie n'est pas spécialement surprise de voir l'épouse d'Olivier. Elle avait eu du mal à croire à la version de la femme opportunément pour la soirée chez sa sœur.

- Vous parlez d'Olivier, je suppose. Vous pouvez l'attendre ici si vous voulez. Je ne pense pas qu'il en aura pour longtemps. Il a accompagné Stéphanie, la propriétaire de la maison, faire une course. Ils ne vont plus tarder !

La maman de Léo a préféré éviter de mentionner les affaires à récupérer à l'hôtel. Cela n'aurait contribué qu'à envenimer les choses et à jeter la suspicion sur une démarche en théorie dénuée d'arrière-pensées. Enfin, si elle en croit les dernières paroles que Stéphanie a prononcées en partant !

Maintenant qu'elle a jeté Olivier dans les bras de son amie, Sidonie se demande si elle a bien fait. Si ces deux-là se sont rapprochés durant leur périple, les retrouvailles avec l'épouse risquent d'être animées !

- Vous la connaissez depuis longtemps ?

- Entrez ! on sera mieux à l'intérieur pour discuter. Oui, depuis déjà quelques années…

En entraînant Laurence dans la maison, la compagne de Michel cherche surtout à éviter que cette dernière ne surprenne une complicité trop évidente entre Stéphanie et

200

Olivier à leur retour. Au moins dans la cuisine, elle aura la possibilité de prévenir par SMS discrètement le couple de la présence d'une invitée surprise !

Sidonie s'interroge par avance sur la réaction d'Olivier quand il découvrira sa femme. Par le passé, avant de rencontrer Michel, il lui est arrivé d'être la maitresse d'un homme marié. Mais à l'époque, elle n'était pas éprise de son amant. Leur liaison était basée sur le sexe. Là, c'est différent.

Aussi, elle plaint son amie et appréhende l'idée d'être la spectatrice d'un mauvais vaudeville. Elle sait Stéphanie fragilisée par les événements des derniers jours et la situation n'est-elle pas déjà suffisamment compliquée comme ça pour elle ?

*

Le commanditaire d'Alex et David en a par-dessus la tête. L'entreprise qui l'emploie se montre de plus en plus pressante et il n'a rien à leur communiquer. Pas l'ombre d'un embryon de programme. Pire, il n'est même pas en mesure de leur promettre un délai.

Quelle bêtise de s'être embarqué dans cet imbroglio ! Fallait-il qu'il ait besoin d'argent pour être tombé si bas ! Quand il songe ce à quoi il a dû renoncer pour en arriver là : la famille, les amis, les collègues… Il est condamné depuis à œuvrer dans la clandestinité et il en est réduit à se maquiller le matin pour passer inaperçu, comme dessiner cette ridicule cicatrice en forme de L sur le menton. Tout ça pour un résultat aussi médiocre !

Heureusement que son interlocuteur n'a pas la possibilité de faire le rapprochement avec les deux fugitifs qui défraient en ce moment la chronique. Passe encore qu'il soit perçu comme un incapable, il ne manquerait plus que son correspondant apprenne qu'il a recruté des « Pieds Nickelés » pour accomplir le travail à sa place.

Ce pseudonyme de monsieur Dupont qu'il s'est donné pour préserver son anonymat commence à lui peser. Vivement que toute cette histoire prenne fin, afin qu'il puisse retrouver un semblant d'identité ! Mais d'abord, il doit solutionner son problème immédiat : récupérer l'ordinateur manquant dans l'ancienne ferme. Il ne peut plus tergiverser. Il doit se rendre à Camphin pour tenter de mettre la main dessus. Il interviendra la nuit. Cela sera plus prudent.

Et au moins, il sera sûr de ne croiser aucun membre de la famille susceptible de le reconnaitre !

29

À son arrivée chez Stéphanie, Michel a été accueilli par un brouhaha. Une femme qu'il n'avait jamais vue discutait avec sa compagne. Quand il est entré dans le salon, les conversations se sont tues et Stéphanie s'est levée pour l'accueillir.

Quand elle lui a présenté l'invitée surprise, Laurence, puisqu'il s'agissait d'elle, a écarquillé les yeux et ses joues se sont empourprées :

- Cette ressemblance, ce n'est pas possible ! Vous êtes la copie conforme de mon mari avec quelques années de moins !

- Vous n'êtes pas la première à me le dire mais je peux vous assurer que nous n'avons aucun lien de parenté !

- Euh, je vous crois, mais avouez que c'est... troublant !

- Michel ! Tu as deux minutes ? J'ai deux ou trois trucs à te dire avant que tu ne t'installes pour prendre l'apéro. Tu peux me rejoindre dans la cuisine ?

Sidonie a préféré couper court à la discussion. Il ne s'agirait pas que Laurence, dans l'état qui est le sien, confonde les deux hommes. Elle tient aussi à l'éclairer sur le contexte un peu particulier de la soirée.

La porte de la cuisine refermée, elle explique en quelques mots la situation à son compagnon :

- Je ne te dis pas l'ambiance qu'il y avait, une demi-heure avant que tu n'arrives ! Quand Olivier est revenu avec Stéphanie et qu'il a découvert sa femme qui l'attendait la bouche en cœur, j'ai cru à ce moment qu'il allait s'étrangler. Depuis, ça va un peu mieux. Les époux terribles se sont calmés, à grands coups de whisky pour lui et de vodka pour elle. Elle en est à son troisième verre et je peux déjà t'annoncer que ni l'un, ni l'autre ne sera en état de reprendre le volant ce soir. Je crains que notre hôtesse ne doive se résoudre à préparer la chambre d'amis !

- Bah, au moins ce sera l'occasion pour eux de se réconcilier. Enfin, s'ils ne sont pas trop alcoolisés pour ça… Au fait, je suis content que nous soyons seuls car je dois aussi te parler d'un petit problème.

- Rien de grave, j'espère ?

- Si on veut ! Quelqu'un m'a volé l'ordinateur que Stéphanie m'avait confié. Et le pire, c'est que j'ai mis du temps à m'en rendre compte, il n'y avait aucune trace d'effraction sur la voiture.

- Tu as une idée de qui ça peut être ?

- Je n'en sais rien. Soit un féru d'informatique qui a vu l'opportunité de se procurer un PC de dernière génération à moindre cout, soit un type fauché ou un camé qui cherchait quelque chose pouvant se revendre facilement. Mais vu la manière dont le coffre a été ouvert, je pencherais plutôt pour la première solution ! Dans tous les cas, je ne pense pas que ça ait un lien avec notre affaire !

- Cela me rassure un peu ! S'il te plait, ne dis rien à Stéphanie pour le moment. Elle est déjà assez contrariée par la tournure prise par la soirée. Au fait, tu ne me l'as pas encore demandé, mais j'ai déjà couché Léo et il dort à l'étage. Ah, et puis une dernière chose mon amour, en tant que seul homme valide, c'est toi qui es désigné d'office pour aller chercher les pizzas que j'ai commandées. Prends les ados avec toi, cela les distraira. Je suis sûre qu'ils n'attendent que ça. Et rassure-toi, je te laisse avant quelques minutes de répit pour boire un jus de fruits !

*

Olivier est amer. Et dire qu'il pensait profiter de la soirée pour se rapprocher de Stéphanie !

Durant le laps de temps qu'il a passé seul avec elle, les tensions entre eux se sont dissipées. Ils ont parlé comme deux amis de longue date. Il a préféré ne pas l'accompagner dans les chambres récupérer ses affaires et celles des enfants. Il a jugé inutile de tenter le diable. Il jurerait qu'elle ressent une attirance pour lui, même si elle s'efforce de ne rien laisser paraitre.

Sur le chemin du retour, tous les deux étaient détendus. Il la taquinait. Elle riait à ses plaisanteries comme une collégienne. Il a été à deux doigts de lui prendre la main et il est persuadé qu'elle ne l'aurait pas retirée.

En arrivant, Olivier a cru apercevoir la voiture de son épouse non loin du porche qui permet d'accéder à la cour. À cet instant, une boule d'angoisse a commencé à monter en lui. « Elle n'aurait quand même pas osé ! ». C'est en pénétrant dans la maison qu'il a eu la confirmation de la présence de Laurence. Il a perçu sa voix dans la cuisine et s'est immédiatement raidi, ne sachant quelle attitude adopter.

Le routier a cependant voulu faire contre mauvaise fortune bon cœur et a tenu à donner le change. Il a feint la surprise et joué la carte de l'hypocrisie. Olivier a embrassé rapidement sa femme sur les lèvres et a esquissé un sourire en lâchant un : « Ah, tu es rentrée plus tôt finalement ! ». Son épouse n'a pas relevé. Personne n'a été dupe.

Laurence a alors préféré éviter les explications. Lui aussi. Ce n'était ni le lieu, ni le moment.

La soirée s'est passée étrangement. Ils ont joué la carte du couple modèle et ont l'un comme l'autre beaucoup bu. Stéphanie n'a pu faire autrement que de les retenir chez elle pour la nuit, aucun des deux n'étant en mesure de reprendre le volant.

Il est trois heures du matin dans la cuisine de Stéphanie. Olivier ne parvient pas à dormir. Complètement dessoulé, il repense à la soirée de la veille.

Sidonie et Michel sont partis avec Léo un peu avant minuit. Ils sont désormais cinq dans la grande bâtisse. Lui, les deux femmes et les ados. Réveillé depuis près d'une demi-heure, il n'a cessé de se retourner dans son lit et s'est finalement résolu à se lever. Laurence ronflait et il ne parvenait plus à retrouver un sommeil qui le fuyait.

Assis devant un verre d'eau, il voit encore le visage de son épouse quand il est rentré avec Stéphanie. Un mélange de tristesse et de résignation. Comme si elle avait déjà compris qu'elle l'avait perdu. Comme si le lien entre eux s'était brutalement distendu et que ses dernières illusions s'étaient d'un seul coup envolées. Ensuite, ses souvenirs à lui sont plus diffus. Réduit au rang de simple spectateur de la soirée, il avait ingurgité whisky sur whisky en participant mécaniquement aux conversations. Il ne se souvient plus de ce qu'il a mangé, tout au plus se rappelle-t-il Michel le soutenant dans l'escalier pour l'aider à gagner son lit.

Désormais dégrisé, il a la bouche pâteuse d'un ivrogne. Lui qui ne boit quasiment jamais. Quelle ironie ! En évidence sur une étagère, il a trouvé du citrate de bétaïne. Cela l'a soulagé. Il essaie de se projeter sans y parvenir. Il pense à demain matin quand il devra à nouveau affronter le regard de celle qu'il a épousée vingt-cinq ans plus tôt. Que lui dira-t-il ? Qu'il ne l'aime plus ? Si tout était si simple...

Perdu dans ses pensées, le quinquagénaire met quelques secondes à percevoir les pas d'une personne qui descend l'escalier. Des chaussons qui glissent sur les marches. À l'évidence, une femme !

Stéphanie entre dans la cuisine et lui lâche un sourire discret :

- Alors comme moi, tu n'arrives pas à dormir ? J'ai l'impression que la soirée n'a pas été facile pour toi, à ce que j'ai pu constater !

- Oui, ça tu peux le dire ! J'aurais aimé que cela se passe autrement. Je suis désolé. Je me suis vraiment conduit comme le dernier des cons !

- Entièrement d'accord, et il est évident que tu n'as pas donné la meilleure image de toi. J'ai eu droit à un « Mais qui c'est ce type ? » de Louis et je peux te confirmer que tu n'as pas gagné des points auprès des garçons !

- Si tu savais comme je regrette mon attitude, mais si seulement j'avais pu prévoir que Laurence serait là... Ton amie aurait pu au minimum envoyer un texto pour t'avertir, ça aurait évité le désastre !

- J'ai bien reçu un SMS d'elle, mais c'était au moment où on entrait dans la cour. Il était déjà trop tard pour faire demi-tour. Le temps que je le lise et tu avais déjà découvert la présence de ta femme dans la cuisine. Mais tu n'étais pas non plus obligé d'inventer la fable de la prétendue visite de ton épouse chez sa sœur !

- Je dois admettre que tu n'as pas tort. C'était... Euh dis, tu attends quelqu'un là, parce que je crois bien que je viens d'entendre une clé s'introduire dans la serrure de la porte d'entrée !

- Oui, tu as raison. Il y a quelqu'un qui essaie d'entrer. Attends, j'éteins la lumière. Ne dis plus un mot et accroupis-toi avec moi derrière la table...

Se seraient-ils crus en sécurité un peu vite ? Se pourrait-il qu'il puisse encore s'agir des cambrioleurs dont ils ont eu la visite ? Mais alors, Michel se serait trompé et le couple de malfaiteurs ne serait pas en cavale comme il le supposait ?

Une silhouette passe furtivement dans le couloir devant la cuisine et continue sa route jusqu'au bureau sans les remarquer. Stéphanie est prise de tremblements incontrôlés. Elle n'a pu discerner ses traits, en partie dissimulés sous un masque, mais elle l'a malgré tout identifié grâce à sa corpulence et sa démarche. Pourtant c'est impossible ! Ça ne peut être lui.

Et cependant, plus elle y réfléchit, plus elle est convaincue qu'elle ne rêve pas. L'individu qui évolue maintenant dans la plus grande discrétion dans la pièce voisine lui est familier. Très familier même !

Tant il est vrai qu'elle pourrait difficilement ne pas reconnaitre le père de ses enfants, avec lequel elle a été mariée pendant près de vingt ans, accessoirement décédé dans un accident de la circulation trois semaines plus tôt !

30

Stéphanie, après un moment de stupeur, se ressaisit et la colère prend alors le dessus. Il y a une chance infime pour qu'elle se trompe, mais elle doit savoir. Cet immonde salopard n'aurait quand même pas osé ?

Olivier n'a guère le temps de s'étonner de son changement d'attitude. Elle s'est relevée et se dirige maintenant vers le bureau à pas feutrés. Sans plus réfléchir, il la suit mécaniquement dans un élan protecteur. Tous les deux sont tendus à l'extrême.

Le quinquagénaire ignore tout du déluge d'émotions contradictoires dans lequel se débat Stéphanie. Il a bien ressenti son trouble mais l'a attribué à la peur : l'individu qu'ils tentent de surprendre est potentiellement dangereux. À cet instant, il la trouve bien téméraire et ne peut s'empêcher d'admirer son courage. C'est lui qui devrait la précéder et non l'inverse !

Plus le temps de tergiverser, la mère des deux ados a déjà la main appuyée sur la poignée. Sous la porte, un rai de lumière apparaît par intermittence, tandis qu'ils devinent tous les deux, plus qu'ils ne l'entendent, un froissement de papiers déplacés. La personne qui fouille la pièce prend manifestement grand soin à opérer dans la plus grande discrétion.

Stéphanie ouvre brutalement la porte en éclairant simultanément la pièce. Un homme dont le visage est partiellement recouvert par un masque de chirurgien se tourne vers elle. Elle le sent surpris et décontenancé. Un lapin pris dans la lumière des phares d'une voiture ne le serait pas davantage. Julien se sait identifié, malgré le soin qu'il a pris à dissimuler ses traits. S'il avait encore un doute, le rictus de haine imprimé sur la figure de sa femme est là pour achever de l'en convaincre.

Olivier assiste à la scène sans comprendre. Il devine que les deux protagonistes se connaissent, mais n'a pas encore réalisé la nature des liens qui les unissent.

- Tu peux m'expliquer ce que tu fais là, en train de fouiner ? Pour un mort, tu m'as l'air en parfaite santé. Et bien entendu, tu ne dis rien ! Ça ne m'étonne pas de toi. Tu sais que tu es vraiment un fumier. Tu t'imagines au moins ce que j'ai pu endurer pendant ces trois semaines ? Et les enfants, tu y as pensé, aux enfants ? Non, c'est sûr ! Autrement, tu n'aurais pas mis sur pied toute cette mascarade ! Et tu pensais me le dire quand que tu étais revenu d'entre les morts ? Hein, quand ?

Contre toute attente, Julien garde le silence face à la fureur de Stéphanie. Il croit voir Michel derrière son épouse et prend peur. Désormais tout le monde va savoir. Il devra s'expliquer, et cela il ne le veut pas. Pas tout de suite.

Pour l'instant, il doit fuir. Stéphanie attendra pour des explications.

Une lampe torche à la main, il bouscule sa femme et frappe violemment à la tempe Olivier qui tentait de s'interposer. Surpris, ce dernier s'effondre sans un mot contre une cloison.

Stéphanie est déconcertée. Elle ne s'attendait pas à un tel déferlement de violence de la part de son mari. Inutile de le poursuivre. Il est plus rapide et il y a plus urgent.

L'homme avec lequel elle discutait encore quelques minutes auparavant dans la cuisine ne bouge plus. Il est affalé contre un des murs du couloir et du sang s'écoule abondamment de son front.

Elle décide de ravaler temporairement sa rancune. Tant pis, elle essaiera plus tard de comprendre les motivations de Julien. Elle doit d'abord parer au plus pressé : s'occuper d'Olivier ! Fébrile, elle récupère un torchon et essaie de stopper l'hémorragie. Peine perdue, elle parvient tout juste à ralentir le flux. L'état de santé de son nouvel ami est trop grave ; elle n'a plus d'autre choix que d'appeler le Samu.

Ensuite, il lui restera à tirer Laurence hors du lit pour la mettre au courant. Il n'est pas certain qu'elle sera suffisamment lucide pour tout appréhender, d'autant qu'un mort qui ressuscite brutalement pour tourmenter les vivants, cela n'arrive pas tous les jours !

*

Michel est réveillé en pleine nuit par le téléphone et apprend par Stéphanie l'agression d'Olivier. L'ancien policier tombe des nues. L'homme, qu'il avait aidé à se coucher quelques heures plus tôt, est inanimé et gravement blessé. Quand il pense qu'il avait assuré à toute la famille que le logement était désormais sûr !

Mais c'est surtout la seconde nouvelle qui le laisse estomaqué : Julien est vivant ! Après encore quelques questions à son interlocutrice, il doit se rendre à l'évidence. Non, elle n'a pas rêvé, et non, elle ne s'est pas trompée. Son mari a berné tout le monde et il est bien vivant. Mais comment est-ce possible ? Le corps a été identifié par Virginie, la belle-sœur ! Et dans ce cas qui a été incinéré à sa place, et comment Julien a-t-il réussi à organiser sa propre mort sans que personne ne se doute de rien ?

Une fois la communication terminée, Michel choisit de ne pas conserver l'information pour lui. De toute façon, Sidonie a entendu la sonnerie du portable et s'est déjà levée. Elle l'a rejoint dans le salon, et face à sa mine décomposée, l'interroge du regard. Il faut quelques secondes au père de Léo pour retrouver ses esprits.

La jeune femme l'enlace pour l'encourager. Quand il termine le récit des événements de la nuit, elle le regarde, interloquée. Comme lui, elle peine à accepter le retournement de situation.

- Enfin ce n'est pas possible. Julien n'a pas les épaules suffisamment solides pour monter une telle combine ! Tu es vraiment sûr d'avoir tout compris ?

- Certain ! Elle l'a répété deux fois à ma demande. Crois-moi, elle était tout aussi choquée que toi. Autant par la résurrection brutale de son mari que par l'état d'Olivier.

- Je dois y aller. C'est mon amie. Elle a plus besoin de ma présence que de la tienne. Toi, tu vas rester à l'appart avec Léo. Je n'ose imaginer comment elle doit être anéantie à l'heure qu'il est. Elle doit avoir des milliers de questions qui se bousculent dans sa tête.

- Si tu savais comme je m'en veux. C'est moi qui lui ai affirmé qu'elle pouvait retourner sans risque chez elle avec ses enfants. Si j'avais su…

*

Durant l'après-midi, Gisèle n'a rien perdu des allées et venues chez les Vautier. Elle les a tous reconnus pour les avoir déjà aperçus au moins une fois. À part cette femme d'une cinquantaine d'années, arrivée pendant le laps de temps où la veuve Vautier s'est absentée avec ce type que la retraitée soupçonne d'être son amant.

La visiteuse qu'elle voyait pour la première fois a parcouru la cour d'un pas vif. Elle semblait énervée et prête à en découdre.

Et puis après le beau gosse a débarqué, tout sourire, avec ses muscles saillants et sa carrure d'athlète. Ah, si seulement elle avait eu quelques années de moins ! Rien que pour tenter de le voir, elle aurait continué à scruter la façade de la ferme avec ses jumelles. Manifestement, la veuve a retenu tout ce beau monde à manger, car Gisèle a vu l'objet de ses phantasmes repartir ensuite, pour revenir une demi-heure plus tard les bras chargés de pizzas.

Comme il ne se passait plus rien, elle a fini par se résoudre à quitter son poste d'observation pour réchauffer les restes de son déjeuner au micro-ondes. Elle a ensuite regardé brièvement la télé puis est montée peu de temps après se coucher. L'agitation de la journée l'avait éreintée. Elle a frémi devant l'armoire du palier, au souvenir de ce qu'elle avait vécu récemment, avant de finir par s'endormir d'un sommeil agité.

Pourquoi aux alentours de trois heures du matin se réveille-t-elle brusquement ? Elle n'en sait rien. L'intuition qu'il va se produire quelque chose peut-être...

La curiosité aidant, après avoir bu un verre d'eau, elle regarde machinalement par la fenêtre. Un lampadaire éclaire le portail de la ferme. Elle n'a donc aucun mal à l'identifier. D'autant qu'il s'arrête juste sous le halo lumineux pour ajuster son masque et qu'il marque quelques secondes d'hésitation avant de se diriger vers l'habitation. Elle doit alors se pincer pour être certaine qu'elle ne rêve pas : Julien Vautier !

« Ah ben ça alors ! Si les morts viennent maintenant rendre visite la nuit aux vivants, dans quel monde vit-on ! Pas sûr qu'en ce qui me concerne, j'aurais envie que mon Émile vienne me rejoindre dans mon lit après toutes ces années, surtout dans l'état où il doit être ! »

215

Encore sous le coup de l'émotion, elle s'autorise un petit porto pour se remettre les idées en place. Elle ne remarque donc pas le ressuscité ressortir peu de temps après de la maison en courant. Tout au plus entend-elle une voiture démarrer sur les chapeaux de roues, non loin de chez elle.

Ce n'est qu'en voyant l'ambulance du Samu arriver toute sirène hurlante, en dépit de l'heure tardive, qu'elle réalise la situation : quelque chose de grave s'est une fois de plus produit chez les Vautier !

Et étrangement à partir de ce moment-là, la curiosité cède le pas à la fatigue. Ses paupières se voilent. Elle étouffe un bâillement, et sentant à nouveau le sommeil la gagner, décide de retourner dans sa chambre. Gisèle s'endort alors rapidement avec un sourire aux lèvres, sans nul doute déclenché par la perspective d'avoir à son réveil des informations fracassantes à communiquer à ses copines et à la presse !

*

Stéphanie est demeurée seule avec ses garçons qui continuent de dormir à l'étage. Laurence, très choquée et complètement dégrisée, a tenu à accompagner son mari dans l'ambulance jusqu'à l'hôpital.

Sidonie l'a appelée pour lui indiquer qu'elle se mettait en route. C'était il y a vingt minutes. Elle ne devrait plus tarder. Cela l'arrange que ce soit elle qui se déplace plutôt que Michel ; son amie saura mieux que son compagnon trouver les mots qu'il faut pour la réconforter. Des mots dont elle a terriblement besoin à cet instant.

Attablée dans la cuisine, la propriétaire des lieux peine toujours à admettre qu'elle n'a pas rêvé. Et pourtant ! Le sang qui macule toujours le carrelage du couloir est là pour lui rappeler la scène qui s'est déroulée moins d'une heure auparavant. Une scène à laquelle elle aurait préféré ne pas assister. Quand elle pense que ce fumier n'a pas hésité une seule seconde à frapper violemment Olivier, simplement pour ne pas avoir à fournir d'explications !

Mais un autre sujet la perturbe également : l'inconnu incinéré à la place du père de ses enfants.

« Quelque part, pas loin, il y a sans doute une famille sans nouvelles d'un proche qui fixe désespérément l'écran d'un téléphone dans l'espoir d'un appel ! Mais comment Julien a-t-il pu en arriver là ? Au point de sacrifier la vie d'un homme, pour atteindre je ne sais quel but ! Et à Thomas et à Louis, est-ce qu'il y a seulement pensé ? Passe encore qu'il m'ait fait croire à sa mort, en allant jusqu'à me laisser organiser ses funérailles, mais infliger ça à ses propres garçons ! C'est tout simplement criminel ! »

Absorbée par ses pensées, Stéphanie met quelques secondes à réaliser qu'un message vient de parvenir sur son portable. En pleine nuit ? Ça ne peut être que Sidonie pour lui confirmer qu'elle arrive ou la prévenir qu'elle aura un peu de retard.

Le prénom qui apparait sur l'écran la détrompe rapidement : Julien ! Cela lui cause un choc, tant elle avait perdu l'habitude de recevoir des textos de son mari. Que lui veut-il ? S'excuser ? Un peu tard !

Quand elle découvre le texte lapidaire - « *Retrouve-moi à midi au café des 3 monts à Lille. Je t'expliquerai tout !* » -, elle ne peut s'empêcher de serrer les poings :

« Une invitation au resto, c'est donc tout ce que ce fumier a trouvé pour se faire pardonner ! Eh bien au moins, il a eu la décence de ne pas terminer son message par un *Je t'aime* ! »

31

Monsieur Dupont, alias Julien Vautier, est abattu. Rien ne s'est déroulé comme prévu. Pourquoi a-t-il fallu que sa femme soit debout si tôt ? Elle qui d'habitude a besoin de ses huit heures de sommeil ! Et Michel, que faisait-il en plein milieu de la nuit chez lui ? Se pourrait-il qu'entre Stéphanie et lui, il y ait plus que de l'amitié, sinon comment expliquer sa présence à Camphin ?

Cette expédition à son ancien domicile s'est révélée être un fiasco. Il n'a pas eu beaucoup de temps devant lui, mais il est certain que son ordinateur ne s'y trouvait pas. Quant au mari de Sidonie qu'il a dû assommer, il ne s'inquiète pas. Il a la tête solide et s'en remettra.

Ce qui le perturbe le plus à cet instant, c'est que sa femme soit au courant. Il avait l'intention de la contacter et de tout lui avouer, mais plus tard. Il y aurait mis les formes pour les ménager, elle et les enfants. Quel gâchis ! Il prie désormais pour qu'elle n'en parle à personne avant leur rendez-vous.

Que doit-elle penser de lui en ce moment ? Qu'il est un monstre sans cœur qui n'a eu aucun scrupule à faire souffrir son entourage ? Et ses garçons ? Comment vont-ils réagir quand ils apprendront ? Et il y a aussi ses parents ? Son père ne lui pardonnera jamais d'avoir éprouvé inutilement sa mère ? Il n'a aucun doute là-dessus !

Et nul n'essaiera de le comprendre un tant soit peu ! Mais bon sang, ne peuvent-ils pas tous réaliser qu'il n'avait pas vraiment le choix ! Il n'a eu qu'une fraction de seconde pour se décider quand s'est produit l'accident. Et puis, tout aurait dû se passer autrement ! Il regrette ce qui est arrivé à Bernard, son collègue, mais c'est un malheureux concours de circonstances. Et maintenant Stéphanie doit soupçonner qu'il a tout minutieusement planifié et qu'il a délibérément tué un type pour faire croire à sa propre mort !

Il doit absolument clarifier la situation avec elle et lui expliquer qu'il s'est retrouvé pris dans un engrenage. Mais il doit surtout la convaincre qu'il n'est pas un assassin !

Quelques heures plus tard, en se dirigeant vers le restaurant où elle doit le retrouver, il sait déjà qu'il vit vraisemblablement ses dernières heures de liberté. Combien d'années de prison risque-t-il ? Il n'en a aucune idée. Même s'il n'ignore pas qu'au minimum, il sera poursuivi pour le vol des données de sa société et l'usurpation d'identité.

Julien prend alors conscience qu'aucune peine ne sera assez lourde pour effacer la cruauté mentale infligée à ses proches durant ces trois semaines. Mais que lui a-t-il pris ce jour-là de vouloir à tout prix se réinventer une nouvelle vie ? Ah, si seulement il était capable de remonter le temps pour changer le cours de cette maudite journée…

*

Trois semaines plus tôt…

Julien est sur le parking de l'entreprise. Il s'apprête à rentrer chez lui. Décidément, cela ne va pas mieux. Il se sent fiévreux et nauséeux. Un mauvais virus sans doute.

Une violente crampe lui arrache une plainte. Il ne sera jamais en état de regagner son domicile. C'est une certitude. Surtout avec cette pluie qui s'est remise à tomber. À moins que…

Bernard ! Il habite à quelques kilomètres de chez lui. Les deux hommes font même régulièrement la route ensemble. Il accepterait peut-être de le raccompagner. Il est toujours sur le parking. Et comme en plus, il semble avoir des soucis avec sa voiture…

Bernard est ce qu'on appelle une bonne poire. Serviable et jamais un mot plus haut que l'autre. L'employé idéal en somme, consciencieux et pas avare de son temps.

Julien s'extrait péniblement de son véhicule et interpelle son collègue garé un peu plus loin.

- Euh, Bernard, j'ai un petit problème…

- C'est comme moi avec ma Twingo. Pas moyen de la démarrer ! Cela doit être la batterie. Quelle merde ! Et à cette heure-ci, je ne trouverai personne pour me dépanner. Tu n'aurais pas des câbles de démarrage dans ton coffre, par hasard ? Excuse-moi, je suis d'un égoïsme. Tu me parlais d'un petit problème ?

- J'ai dû attraper quelque chose. Je ne me sens pas capable de conduire. Tu ne pourrais pas me déposer chez moi ? Mais au fait, tu pourrais aussi utiliser ma voiture, me ramener chez moi et la garder pour le week-end. Et lundi, on partirait bosser ensemble. Qu'est-ce que tu en penses ?

- Tu es sûr que cela ne te dérangerait pas ? Bah après tout, pourquoi pas ! Titine restera sur le parking deux jours, mais je suis persuadé qu'elle ne m'en voudra pas ! Et en plus, cela me laissera la journée de samedi pour lui trouver une batterie neuve.

- Titine ?

- Oui, ma Twingo. J'ai pris l'habitude de l'appeler comme ça ! Oh là, mais tu es pâle comme un linge ! Et on est comme deux cons à discuter sous la pluie. Allez, monte dans ta voiture, on y va !

Bernard a la cinquantaine. Vieux garçon assumé, il vit seul dans la maison de ses parents, tous les deux décédés. En l'absence de famille proche, Julien ne s'étonne pas davantage qu'il ait éprouvé le besoin de donner un prénom à sa Twingo. Sans doute sa façon à lui de meubler sa solitude.

Pendant les premiers kilomètres, le célibataire parle en émettant questions et réponses. Julien se contente d'acquiescer. Concentré sur des crampes d'estomac de plus en plus violentes, il n'en mène pas large. Sa conscience, comme si cela ne suffisait pas, profite de son état de faiblesse pour se rappeler à lui. Il faut dire aussi qu'il a poussé le bouchon un peu loin ces temps-ci et qu'il s'est mis dans un sacré merdier.

La pluie s'intensifie. Julien ressasse ses problèmes et s'interroge sur l'attitude à adopter. Il a écrit une confession. Il la donnera à lire à sa femme en sa présence. Elle aura vraisemblablement besoin qu'il soit à ses côtés pour éclaircir certains points.

Dans l'habitacle, Bernard continue son monologue sans s'apercevoir que son passager ne l'écoute plus. Des trombes d'eau s'abattent sur l'autoroute tandis que la voiture se rapproche de la sortie pour rejoindre Camphin. La visibilité est réduite. Bernard est tout excité. Il a appris la veille qu'il a obtenu la promotion à laquelle il aspire depuis si longtemps. Il tourne la tête vers son collègue, guettant son approbation. Un « Je suis content pour toi, tu l'as bien mérité ! », par exemple. Mais aucune parole ne sort de la bouche de Julien. Celui-ci semble être ailleurs, perdu dans ses pensées.

C'est ce moment précis que choisit le poids lourd devant eux pour piler. Quand Bernard voit les feux stop de la remorque s'allumer, il est déjà trop tard. Un freinage tardif et brutal a rendu le véhicule incontrôlable sur la chaussée glissante. Une ultime tentative pour éviter l'obstacle ne suffit pas. La collision est violente. La partie avant gauche de la voiture s'encastre sous l'attelage routier, et pour une raison inexplicable, l'airbag du conducteur ne se déclenche pas. Bernard meurt sur le coup, les mains appuyées sur le centre du volant dans un ultime réflexe pour se protéger. Son visage entièrement défiguré par le choc et l'explosion du pare-brise…

À l'inverse, Julien a eu de la chance. Beaucoup de chance même. La manœuvre désespérée de Bernard lui a évité une mort certaine. Il est sonné mais vivant. Ses problèmes gastriques sont passés d'un seul coup au second plan. Il tâte rapidement les différentes parties de son corps. Rien. Pas même une coupure. Sa ceinture de sécurité lui a sans doute sauvé la vie. Tout au plus, aura-t-il quelques bleus occasionnés par le freinage.

Son cerveau fonctionne désormais à toute vitesse. Et si c'était enfin l'occasion pour lui de tout redémarrer à zéro ? Une véritable opportunité de tirer un trait sur ses erreurs passées ?

Il ne lui faut que quelques secondes pour se décider. Une résolution désespérée, prise dans l'urgence et provoquée par la situation inextricable dans laquelle il s'est mis. Alors que la pluie redouble d'intensité, rendant la visibilité extérieure nulle, Julien, sans plus réfléchir et avec une totale absence d'empathie pour son infortuné collègue, retire son alliance, parvient à saisir la main droite de Bernard et à lui enfiler la bague sur l'annulaire. Il attrape ensuite la pochette de son collègue avec tous ses papiers, abandonne les siens dans la boite à gant et sort précipitamment du véhicule. En dépit de la violence de la collision, la portière s'ouvre facilement. Il traverse l'autoroute, enjambe le parapet et se dissimule en contrebas dans la végétation. Heureusement pour lui, personne ne semble l'avoir remarqué. L'absence de circulation à cette heure de la journée et la météo ont joué en sa faveur.

Ce n'est qu'allongé dans l'herbe qu'il comprend brutalement qu'un retour en arrière ne sera plus possible.

Pour l'état civil, son prénom sera à partir d'aujourd'hui Bernard.

C'est à cet instant que son estomac se rappelle à lui. Le contrecoup de l'accident aidant, il vomit le café qu'il a bu plus tôt dans la matinée.

Désormais, il a retrouvé toute sa lucidité. Il doit fuir et s'écarter au plus vite du lieu de l'accident avant l'arrivée des secours.

En coupant à travers les champs, il franchit difficilement les deux kilomètres qui le séparent du centre d'entrainement de l'équipe de football de Lille. Avec ses cheveux dégoulinants et ses habits crottés et détrempés, Julien est devenu méconnaissable, mais il présente également l'inconvénient d'attirer l'attention.

Il doit rejoindre au plus vite le domicile de son collègue. Il ne peut courir le risque d'être reconnu, en demeurant trop près de son habitation. Une fois là-bas, il prendra le temps de s'organiser. Bernard lui a suffisamment vanté l'isolement de sa maison. Cela lui facilitera la tâche pour passer inaperçu.

Mais dans l'immédiat, il doit dénicher un taxi qui accepte de l'y conduire. Pour justifier son apparence, il dira qu'il est tombé en panne ! Avec la pluie qui continue de tomber, cela devrait suffire pour expliquer l'état de ses vêtements. Reste à obtenir rapidement les coordonnées d'une compagnie sans son téléphone abandonné sur le siège passager.

Un seul essai lui suffit pour déverrouiller le smartphone de Bernard qu'il a pris soin d'emporter avec lui. Les papiers de l'intéressé lui ont permis de retrouver facilement le mot de passe : la date de naissance, la première idée qui lui est venue à l'esprit.

À l'abri sous un arbre, en attendant un taxi, il réalise brutalement les conséquences de la décision qu'il a prise. À cause de lui, ses proches souffriront et verront leur existence bouleversée, mais arrivé à ce stade, il lui est devenu impossible de l'éviter. Il a réagi instinctivement pour retrouver le contrôle de sa vie et il ignore encore si le subterfuge fonctionnera. Tellement de paramètres entrent en jeu ! Égoïstement, il imagine ce qui se passerait s'il finissait par être démasqué. Un mort qui ressuscite, on en parlerait dans les médias. C'est sûr !

Certes, il a une corpulence et une taille proches de celle de Bernard, pourtant si sa femme était amenée à identifier le corps, serait-elle réellement dupe ? Car même si le visage n'est plus en état d'être identifié, ne réaliserait-elle pas immédiatement que les vêtements du mort ne sont pas les siens ? À moins que trop affectée par sa disparition soudaine, elle ne laisse le soin à sa sœur de l'identifier ? Ce qui l'arrangerait bien, il doit l'admettre ! Heureusement qu'au moins en ce qui concerne l'alliance, l'habitude qu'il a prise depuis quelques années de l'enfiler à la main droite ne le trahira pas.

Il est désormais trop tard pour reculer. Julien entend au loin le bruit des ambulances qui convergent vers le lieu de l'accident. Combien de temps pourra-t-il faire illusion en Bernard Sauvage ? Il l'ignore, car même si son collègue avait une vie sociale inexistante - ce qui favorisera son plan -, il prend conscience qu'il a occulté un autre problème de taille, susceptible de tout faire capoter : comment parviendra-t-il à expliquer l'absence de Bernard au sein de l'entreprise ?

32

En se rendant au restaurant où monsieur Dupont a ses habitudes, Alex est perplexe. Elle a peu dormi la nuit dernière. Elle ressassait les événements des derniers jours.

Elle n'a pas évoqué avec David ses projets de la journée et elle a préféré demeurer évasive, mettant en avant son besoin de prendre du recul. Alex a le sentiment qu'une page de leur relation est tournée. La complémentarité de leur association a été mise à mal par les maladresses de son associé.

La jeune femme est lucide. Leur petite entreprise a du plomb dans l'aile. Discréditée aux yeux de ses clients, la jeune femme ne se voit plus déployer de l'énergie pour lui redonner une crédibilité. Pas après tous les efforts qu'elle a consentis ces sept dernières années !

C'est décidé. Elle a beau retourner le problème dans tous les sens. Il n'y a pas d'autre solution, tout comme il n'y a pas de retour en arrière possible. Elle doit envisager, sur des nouvelles bases, une société qu'elle gérera désormais seule ! Elle perdra un partenaire et amant, mais tant pis ! Elle ne veut plus avoir à assumer les erreurs d'un autre. Elle fera part de sa décision à David dès ce soir. Mais pour l'instant, il y a plus urgent. Elle doit régler le litige avec le commanditaire à l'origine du fiasco.

En tâtant dans son sac le pistolet subtilisé à David, Alex est tendue. Elle a déjà utilisé une arme de poing dans un centre de tir et n'en a pas conservé un souvenir inoubliable. La présence du métal froid au contact de la paume de sa main la rassure et la terrifie tout à la fois. Elle se demande à cet instant si elle sera capable d'appuyer sur la détente. S'exercer sur une cible en carton est fort différent que de pointer une arme en direction d'un homme. Quand elle pense qu'elle n'a même jamais tiré sur un animal, aussi petit soit-il, tant il est vrai qu'auparavant c'était David qui était en charge de l'intimidation des payeurs récalcitrants, pas elle, ce qui l'arrangeait bien.

De toute façon, elle gardera le levier de sécurité verrouillé et n'aura recours à l'usage de la force que si elle ne peut procéder autrement.

Quant à ce qu'elle fera quand elle se retrouvera face à monsieur Dupont, elle n'en sait rien encore. Sous la menace, elle le forcera à lui remettre l'argent qu'il lui doit. Et ensuite ? Ensuite, elle verra !

Néanmoins, quelque chose la perturbe depuis leur dernier entretien. Le sentiment que son commanditaire se donne décidément beaucoup de mal pour dissimuler sa véritable identité. Comme cette fausse cicatrice, à n'en pas douter, qu'il arbore au menton, et ces lunettes de soleil qu'il persiste à porter en toutes circonstances. Non vraiment, tout cela n'a pas de sens. Et si finalement elle le connaissait et qu'il n'était pas celui qu'il prétend être ?

C'est un fait ; quelque chose cloche depuis le début dans cette affaire et elle découvrira ce dont il s'agit. Ne serait-ce que pour retrouver un semblant de légitimité avant de redémarrer son entreprise en solo !

*

- Tu es toujours décidé à te rendre dans ce resto ?

Sidonie est inquiète pour son amie. La mine décomposée, cette dernière accuse la fatigue d'une nuit blanche.

Pendant toute la matinée, Stéphanie a donné le change en présence de ses enfants, mais depuis qu'ils sont partis rejoindre des copains à la piscine, elle accuse le coup. Elle a préféré garder le silence sur les événements de la veille. Elle n'aurait su quoi leur raconter, d'autant qu'elle n'ose imaginer comment ses deux garçons réagiront quand ils apprendront la nouvelle.

- Oui ! Je veux avoir ce salopard en face de moi pour lui dire tout le mal que je pense de lui, et surtout, j'ai besoin de comprendre. Quand je songe à son enterrement et au temps que j'avais passé pour que tout soit parfait... Et puis, il ne faut pas oublier non plus qu'il y a un type qui a été incinéré à la place de Julien ! Comment se fait-il que personne ne se soit inquiété de sa disparition ? Pas plus sa famille que ses collègues de travail ?

- C'est vrai que c'est étrange. En revanche, si tu m'y autorises, je t'accompagnerai. Au moins si ton mari te prépare un nouveau coup fourré, tu ne seras pas seule ! Je crois qu'avec un homme capable de se faire passer pour mort, on peut s'attendre à tout ! Promets-moi seulement que tu conserveras ton calme ?

- J'essaierai, même si ce ne sera pas l'envie de l'étrangler qui me manquera ! En plus, comme il est déjà théoriquement décédé, je ne risque pas grand-chose !

Un sourire s'esquisse sur le visage de Stéphanie, vite réprimé. S'en voulant de plaisanter sur un sujet aussi grave, elle se rembrunit. Le visage ensanglanté d'Olivier s'impose de nouveau à elle. Pendant que Sidonie se rafraichissait dans la salle de bain, Laurence l'a appelée. Les nouvelles ne sont pas bonnes.

- Je n'ai pas encore eu l'occasion de t'en parler mais la femme d'Olivier m'a jointe pendant que tu étais sortie de la pièce. Il ne va pas bien. Pas bien du tout même ! Il est en soins intensifs et son pronostic vital est engagé. Et puis aussi, d'après ce que j'ai cru comprendre, il est possible que la police veuille m'interroger. J'ai raconté une fable au Samu cette nuit pour expliquer son état. De l'eau renversée sur le sol qui aurait rendu le carrelage glissant. Mais le médecin de garde a tout de même émis un signalement à son arrivée aux urgences. Il n'a pas cru à mon histoire et j'ai bien senti, au son de sa voix, que Laurence se posait également des questions.

- On peut en parler à Michel, si tu veux. Il saura te conseiller sur la marche à suivre.

- On verra plus tard ! Il y a plus urgent. Je laisse un mot aux garçons pour qu'ils mangent sans moi. Ils ont une clé et sont assez grands pour se débrouiller tout seuls. Je te propose que nous partions à Lille sans tarder. Je ne veux pas être à la maison quand les flics débarqueront.

Les deux femmes quittent l'ancienne ferme et Sidonie se dirige avec autorité vers sa voiture. Stéphanie la suit sans discuter. Elle se sait trop tendue pour conduire.

- On peut passer à mon appart si tu veux. On a encore du temps devant nous avant ton rendez-vous !

- Je ne préfère pas. Je veux être là-bas avant lui pour ne pas louper son arrivée. Et puis étant donné les circonstances, il serait étonnant que les policiers ne prennent pas la décision de mon placement en garde à vue ! J'ai été témoin de la chute d'Olivier, autant te dire que je suis pour eux la suspecte idéale. Pour pouvoir me défendre, il faut donc absolument que j'aie une conversation avec Julien avant. Tu imagines si j'évoquais dès maintenant son retour parmi les vivants ? Tu peux être sûre alors qu'ils me prendraient pour une folle et qu'ils me soupçonneraient encore plus !

*

Son petit déjeuner à peine englouti, Gisèle s'est emparée de son téléphone pour appeler Anne-Marie.

Quand elle lui relate les événements de la nuit, sa meilleure amie et ancienne voisine ne peut s'empêcher de plaisanter :

- Et ton fantôme, tu l'as vu avant ou après ton porto ?

- Je vois bien que tu ne me crois pas ! Pourtant, je n'ai pas rêvé. C'est bien lui que j'ai aperçu !

- Il faisait sombre. Tu es certaine que tu ne l'as pas confondu avec quelqu'un d'autre ? Tu étais peut-être encore sous le coup de tes exploits de la veille ?

- Non, il était sous le lampadaire et je m'étais munie des jumelles. Il était impossible de le prendre pour un autre.

- Mais enfin, tu sais comme moi qu'il a été incinéré il y a trois semaines ! Je t'ai même accompagnée à son enterrement. Si le cercueil avait été vide, tu ne crois pas que la famille l'aurait remarqué ? On est en France quand même, on ne peut pas faire n'importe quoi avec un corps ! Et puis, à part le phénix, je ne vois personne qui pourrait renaitre de ses cendres !

- Tu te moques de moi…

- Ne te vexe pas ! Je crois que tu as simplement aperçu quelqu'un qui lui ressemblait. Je reste persuadée qu'il y a une explication toute bête à cette apparition. Ce dont je suis sûre, c'est que notre petite conversation doit rester entre nous. Je suis ton amie et tu peux me faire confiance. En revanche, s'il te prend l'envie de rapporter à Nicole ce que tu viens de me raconter, je ne te donne pas la matinée avant de passer dans tout le village pour une illuminée. Et en ce qui concerne les journalistes, oublie-les ! Suis mon conseil, dans ta situation et en l'absence de preuves, abandonne ton projet !

En mettant fin à la communication, Gisèle est déçue. Même si au fond d'elle-même, elle sait qu'Anne-Marie a

233

raison. Néanmoins, pour elle qui se faisait une joie d'avoir une nouvelle fois les honneurs de la presse, c'est un déchirement. Et dire qu'elle se voyait déjà élevée au rang de citoyenne d'honneur de Camphin, par le maire en personne, pour actes de bravoure exceptionnels !

Machinalement, la retraitée écarte le rideau. La journée risque de lui paraitre bien fade désormais. Ce n'est qu'en levant la tête vers le lampadaire, qui a éclairé quelques heures plus tôt le visage de Julien Vautier, qu'elle reprend espoir. Eh bien finalement, elle qui critiquait encore il y a peu la municipalité pour des dépenses qu'elle jugeait inconsidérées, elle est obligée d'admettre qu'elle avait tort. Une chance qu'un technicien l'ait remis en service justement la veille, après plusieurs semaines d'inactivité. Les conséquences de son agression et de sa soudaine notoriété sans doute !

Et au moins, pour une fois, la caméra de vidéosurveillance fixée sur le poteau d'éclairage n'aura pas filmé que des voitures et des chats errants…

33

Alex commence déjà à détester sa nouvelle couleur de cheveux. Blonde ! Quelle erreur de jugement ! Déjà qu'en brune, elle attirait naturellement les regards. Désormais, elle a l'impression d'être devenue le centre d'attention des piliers de bar. Et elle qui désirait passer inaperçue ! Pourquoi les mecs sont-ils autant obnubilés par les blondes ? Cela restera toujours un mystère pour elle !

Depuis qu'elle s'est installée dans un angle du restaurant, face à la porte, par trois fois elle a dû refuser les tentatives de drague maladroites d'hommes sûrs de leur charme. Elle ne va quand même pas mettre une pancarte devant elle avec l'inscription : « Mademoiselle n'a pas soif. Il est inutile de lui proposer de boire un verre avec vous. Elle désire simplement lire en paix. Merci ! ».

Ce matin, elle a voulu arriver tôt. Les tables pour le déjeuner n'étaient pas encore dressées. Elle a ainsi pu choisir le poste d'observation idéal pour scruter les allées et venues des clients.

Dissimulée derrière des lunettes de soleil, elle feint de lire un roman.

Le fameux René s'approche d'elle pour lui demander si elle souhaite déjeuner.

- À partir de midi, cette table est réservée aux gens qui déjeunent. Vous pensez prendre votre repas ici ? Sinon je vais être obligé de vous changer de place ! Vous êtes dans la zone du restaurant.

- Oui, je vais déjeuner. Vous pouvez dresser la table. Votre plat du jour « *Blanquette de veau à l'ancienne* » me donne envie, et comme je n'ai rien de prévu avant cet après-midi…

- D'accord, mademoiselle ! Euh, si ce n'est pas indiscret, vous attendez quelqu'un ? Parce que je vous vois seule depuis un moment, et mignonne comme vous êtes, je n'imagine personne vous poser un lapin !

- Euh, merci du compliment, mais non, je n'attends personne. Mais j'y pense ! Vous pouvez peut-être m'aider ? Un type que je cherche à contacter vient régulièrement manger chez vous et je me demandais si vous l'aviez vu récemment. Un homme avec des cheveux noirs et une cicatrice en forme de L au menton. Il porte souvent des lunettes de soleil, un peu comme les miennes.

- Ah oui, je vois de qui il s'agit. C'est un habitué. Ça fait quelques semaines qu'il vient déjeuner presque tous les jours. Mais si je peux vous donner un conseil, prenez vos distances avec lui !

- Ah bon ! J'ai pourtant eu l'occasion de parler avec ce monsieur plusieurs fois et je n'avais rien remarqué de particulier. D'autant que je peux avoir une conversation avec lui sans qu'il essaie de me draguer, c'est plutôt bon signe.

- C'est vous qui voyez, mais je vous assure d'un truc : il n'est pas celui qu'il prétend être ! Croyez-en mon expérience ! Avant de travailler ici, j'étais enquêteur pour une compagnie d'assurance.

- Qu'est-ce qui vous fait dire ça ?

- La cicatrice ! Je peux vous affirmer que c'est une fausse. Elle est différente à chaque fois, et elle n'est jamais exactement à la même place. Et puis aussi, ces lunettes de soleil ridicules qu'il s'obstine à porter par tous les temps !

- Vous croyez qu'il pourrait s'agir d'un homme recherché par la police ?

- J'espère bien que non ! Mais un type qui a quelque chose à se reprocher, ça c'est sûr !

- Euh, je plaisantais ! Mais vous avez eu raison de me prévenir, je serai désormais sur mes gardes.

Restée seule, Alex est perplexe. Ainsi son impression était la bonne. Il y a décidément quelque chose qui cloche dans cette affaire.

Deux femmes entrent. René les accueille et les place non loin de la table où est installée Alex. Cette dernière les regarde discrètement par-dessus son livre. Curieux cette impression de déjà-vu. Au moins pour l'une d'entre elles ! Pas la blonde qui est la plus jeune, mais l'autre. La quadra avec ses longs cheveux noirs, elle jurerait l'avoir déjà aperçue quelque part ! Mais où ?

Et l'ancienne associée de David de se souvenir :

« J'y suis ! La femme que j'ai vue plusieurs fois à la ferme, la veuve de Julien Vautier. C'est elle ! Aucun doute possible, et il y a fort à parier que sa venue ici n'est pas un hasard ! »

*

237

En pénétrant dans le restaurant, Stéphanie s'étonne du choix de Julien. Elle l'imaginait davantage tourné vers le clinquant. Encore une zone d'ombre de sa personnalité qu'elle ignorait.

Le petit troquet, dans lequel elle s'apprête à retrouver son « défunt » mari, est proche de la gare de Lille-Flandres. Il pourrait presque passer inaperçu dans cette petite rue, à côté du sex-shop et de l'hôtel miteux. Pourtant sa façade, récemment rénovée dans le pur style flamand, incite à pousser la porte. L'intérieur confirme la première impression. Dans une ambiance estaminet, un espace dineurs composé d'une quinzaine de tables en bois brut, décorées avec soin, et un comptoir en zinc encouragent les curieux à s'attarder au sein de ce lieu hors du temps. Une centaine de bières s'affichent ostensiblement sur des étagères murales à différents endroits, comme des invitations au voyage dans des contrées houblonnées insoupçonnées.

En cette fin de matinée, il n'y a pas encore grand monde. Quelques clients tout au plus. Une femme absorbée par sa lecture près de la fenêtre et quelques consommateurs au bar. Le serveur qui les accueille, après les traditionnelles questions « C'est pour déjeuner ? » et « Vous serez combien ? », leur propose de s'assoir sur une banquette, non loin de la lectrice dont le visage est masqué par un livre. Stéphanie interroge Sidonie du regard et acquiesce. À cet endroit, elles ne pourront pas manquer l'arrivée de Julien.

Veuve encore il y a peu, la mère de Louis et Thomas n'en mène pas large. Elle ignore toujours comment elle réagira quand son mari les rejoindra. C'est peu dire qu'elle lui en veut. Toute cette souffrance qu'il a infligée aux enfants ! Si au moins il s'était contenté de ne s'en prendre qu'à elle ! Mais qu'a-t-il bien pu passer par la tête de cet enfoiré pour qu'il en arrive à de telles extrémités ?

Elle ne reconnait plus l'homme attentionné qu'elle a épousé près de vingt ans plus tôt. Comment a-t-elle pu être aveugle aussi longtemps ? Quand elle songe qu'il a orchestré tout cela simplement pour acquérir des dessins en noir et blanc de Tintin et qu'il a pris la décision pour y parvenir de sacrifier tout le reste : famille, travail, amis...

Impuissante, Sidonie observe Stéphanie perdue dans ses pensées. Consciente de la détresse de cette dernière, elle préfère conserver le silence. Elle a considéré comme une évidence le fait de l'accompagner. Tout dans le comportement récent de Julien n'inciterait-il pas à la prudence ?

Outre se faire passer pour mort, il est quand même allé jusqu'à transmettre un colis contenant une balle de pistolet à sa femme. Sans compter le couple de voleurs qu'il a engagé pour cambrioler sa propre maison. Et le pauvre bougre qui a été incinéré à sa place sans autre forme de procès !

Et dire qu'elle l'a côtoyé régulièrement sans s'apercevoir de rien !

Elle a beau réfléchir, elle ne voit rien dans son attitude qui aurait pu lui mettre la puce à l'oreille. Il l'a roulée dans la farine comme tant d'autres, et tout comme son amie, elle s'en veut de ne pas avoir su déceler son double jeu.

Son regard s'attarde sur la décoration. Elle se surprend à compter le nombre de bouteilles de bière alignées sagement contre les murs. Il y en a vraiment de toute la région et de toute la Belgique, avec des noms pour le moins inattendus : Delirium Tremens, Le fruit défendu, La belle pin-up, Belzebuth…

Jusqu'à ce qu'un coup de coude de sa voisine de table la ramène brutalement à la réalité : Julien, ou tout au moins quelqu'un qui lui ressemble fortement, vient de faire son entrée dans la salle !

34

En pénétrant dans le restaurant, Julien repère immédiatement Stéphanie. Il espérait arriver avant elle, c'est raté. Elle croise son regard. Son visage est fermé. Elle a les traits tirés mais semble déterminée. La convaincre qu'il regrette la tournure des événements ne sera pas une mince affaire. Il devra en mettre des trémolos dans la voix !

Il a conservé l'apparence de monsieur Dupont. Il sait déjà que son déguisement d'opérette agacera sa femme, mais il n'a pas le choix. Au moins pour continuer à donner le change aux habitués. La présence de Sidonie au côté de son épouse l'agace. Il espérait qu'elle viendrait seule. Dieu sait si Stéphanie doit craindre ses réactions pour avoir choisi de venir accompagnée de son amie !

Il devra jouer sur du velours. De simples excuses ne suffiront pas. L'une et l'autre attendent des explications et il appréhende déjà les questions qu'elles ne manqueront pas de poser.

- Je vous place à votre table habituelle ?

Concentré sur les premiers mots qu'il va adresser à celle qui a été sa femme pendant près de vingt ans, Julien sursaute à la question du serveur. Il s'en veut de sa nervosité croissante. Lui qui désirait conserver la maitrise de la situation n'est déjà plus qu'un paquet de nerfs. Il doit se ressaisir très vite sinon il court au désastre. Quelques secondes lui sont nécessaires pour recouvrer ses esprits.

- Non, pas aujourd'hui ! Je mange avec ces dames !

Julien a répondu d'un mouvement de la main en direction des deux femmes. En se dirigeant vers Stéphanie, il n'en mène pas large. Comment va-t-elle l'accueillir ?

Une claque retentissante lui fournit tout de suite la réponse. Peut-être aurait-il dû éviter de tenter un baiser, même sur la joue ? La réconciliation attendra. Visiblement, elle n'est pas prête à la moindre concession et a choisi l'affrontement.

Autour de lui, les discussions cessent brusquement. Les quelques clients déjà présents retiennent leur souffle et espèrent une représentation digne d'une tragédie. Quand Stéphanie commence à parler, ils ne sont pas déçus. D'un ton ferme et assuré en dépit des circonstances, elle attaque d'emblée son mari revenu d'entre les morts :

- Tu n'es vraiment qu'un connard égoïste ! Et d'abord cesse cette comédie ! Assume ta véritable identité. Il est maintenant inutile de continuer à te cacher derrière tes lunettes à la con et ta cicatrice d'acteur sur le retour !

Pour Julien qui souhaitait la discrétion, c'est manqué. Rien ne se passe comme prévu. Il n'imaginait pas son épouse si combative.

- D'accord, j'enlève tout. Mais ne peut-on pas tenter d'avoir une discussion entre adultes ? Il n'est pas nécessaire de nous donner en spectacle. Je vais essayer de tout t'expliquer, mais je n'y arriverai pas si tu ne te calmes pas.

- Je t'écoute, mais je te préviens : tu as intérêt à te montrer convaincant ! D'ailleurs regarde ! Je mets la photo des enfants sur la table pour te rappeler à quel point tu as été le dernier des salauds. Je n'ai même pas osé leur apprendre ce matin que leur père était ressuscité. Ils auraient voulu te voir pour le croire et je désirais avant avoir une discussion avec toi. Mais bon sang, quand je vois ta tête de chien battu, je ne suis même pas convaincue que tu réalises à quel point tu nous as fait souffrir. Il faut vraiment être un monstre d'égoïsme pour infliger une telle épreuve à sa famille ! Bon d'abord, avant de poursuivre, ôte-moi d'un doute ! Je dois savoir : es-tu allé jusqu'à tuer un type pour le faire passer pour toi ?

- Non, il était déjà mort. Mais s'il te plait, laisse-moi tout te raconter depuis le début sans m'interrompre. Tu me jugeras ensuite !

Et Julien commence alors son récit.

Stéphanie l'écoute sans un mot, horrifiée par ce qu'elle entend. Sidonie, de son côté, découvre une facette du caractère de Julien qu'elle ignorait. Celle d'un individu prêt à tout sacrifier pour assouvir sa passion de collectionneur.

Autour d'eux, les conversations reprennent et la salle se remplit. Les paroles prononcées d'une voix monocorde par le père de Thomas et Louis se perdent dans le brouhaha ambiant, pour finir par désintéresser les derniers curieux du drame qui se joue.

*

Deux tables plus loin, seule une jeune femme ne perd rien de la confession de Julien. Alex a rapidement compris le retour parmi les vivants de Julien Vautier. Elle tombe des nues en découvrant la véritable identité de monsieur Dupont. L'impression désagréable d'avoir été manipulée du début à la fin sur cette affaire.

La colère succède à la stupeur. Sa petite entreprise mise à mal par la faute d'un type qui les a trompés. Cet enfoiré ne perd rien pour attendre, mais avant elle veut tout savoir. Aussi, tout en attendant que le serveur apporte sa commande, elle ronge son frein et patiente.

Car désormais, tout ce qu'elle apprendra encore l'aidera à trouver le meilleur moyen pour exercer sa vengeance !

∗

Julien a relaté dans quelles circonstances il a usurpé l'identité de Bernard après l'accident. Stéphanie s'impatiente.

- D'accord, j'ai bien compris que tu étais une victime qui n'a pas eu d'autre choix que de faire une croix sur sa famille pour régler ses problèmes et sauver son honneur, mais tout le reste : le simulacre de confession, l'envoi d'une balle, le cambriolage, le coup de lampe torche sur la tête d'Olivier… Tu étais vraiment obligé de faire tout cela ? Quand je pense à ce que tu avais écrit au début de tes aveux, où tu me ressortais le vieux cliché « *sache que je t'aime chaque jour davantage ; plus qu'hier et moins que demain !* ». J'avais trouvé cela tellement impersonnel et dénué d'émotion !

- Olivier ? Mais de qui me parles-tu ? J'ai vu Michel derrière toi. J'ai paniqué. Je l'ai assommé sans réfléchir, mais bâti comme il est, je ne m'en fais pas. Il s'en remettra et conservera une bosse un jour ou deux !

À l'évocation du nom de son compagnon, Sidonie serre les poings et s'apprête à répliquer. Cependant son amie la devance et, d'un signe discret, l'incite à garder le silence. Stéphanie reprend la parole d'une voix blanche et ne peut résister à l'envie de provoquer celui qu'elle a aimé :

- Olivier est mon amant et c'est lui que tu as assommé, crétin ! Ah c'est vrai, je ne te l'avais pas dit. D'un autre côté, tu m'excuseras, mais tu étais encore mort il y a peu ! Et si tu veux tout savoir, il est actuellement à l'hôpital entre la vie et la mort...

Blême, l'épouse bafouée ne peut retenir une larme. Pourtant, très vite, elle se reprend et l'invective :

- Et je t'en prie ! N'essaie pas de changer de sujet. Je t'ai posé des questions et j'exige des réponses. Je t'écoute et je veux entendre ce qui s'est réellement passé, pas une de tes excuses à la noix !

Julien est sonné. Il a du mal à réaliser ce qu'il vient d'entendre et ressent la révélation de l'infidélité de son épouse comme une ultime provocation. Ainsi selon toute vraisemblance, elle le trompait avant même qu'il ne « décède ».

Quelques secondes de trouble qui n'échappent pas à Stéphanie. Désireuse de ne pas le ménager, elle répète son injonction.

- Alors ! J'attends tes explications !

Julien occulte l'état critique dans lequel il a plongé son rival. Pressé par sa femme, il prend la décision de ravaler provisoirement sa fierté et de poursuivre son récit :

- J'avais écrit la confession pour la lire en ta présence. Crois-moi, avant de prendre la décision de passer pour mort, je voulais tout t'avouer. De toute façon, une fois disparu, je savais que tu finirais par la trouver. D'où l'idée de l'envoi de la balle !

- Je ne saisis pas ?

- J'étais dans la merde jusqu'au cou. Je venais de copier la partie la plus importante d'un jeu en cours de développement. Un jeu révolutionnaire, tu peux me croire ! Ma boite avait misé beaucoup d'argent sur ce projet. Elle risquait à tout instant de découvrir les fuites. Ma mort me disculpait mais ne réglait pas tout. Aussi je devais rapidement récupérer l'ordinateur portable que j'avais laissé à la maison, sur lequel j'avais réalisé la sauvegarde. J'avais reçu un gros acompte d'une société concurrente étrangère. Comprends-moi, ils s'en seraient pris à toi ou aux enfants si je n'avais pas réagi ! Comme à la fin du dossier figurait l'adresse mail de monsieur Dupont, le nom d'emprunt que j'utilisais pour tous mes échanges avec cette entreprise, j'espérais qu'en te faisant peur, tu prendrais contact avec moi et que tu me proposerais un rendez-vous. Sur la dernière page, j'avais indiqué que tout était sur le disque dur. Tu ne l'as donc pas lue ?

- Non, je ne l'ai pas lue. Je me suis arrêtée un peu avant la fin. J'étais trop écœurée par tes magouilles ! Et pour accomplir tout ça, tu n'as rien trouvé de mieux que d'engager des tueurs ?

- Des tueurs ! N'exagère pas ! Juste un couple spécialisé pour ce genre d'affaires, conseillé par une relation.

- Tu plaisantes ! L'homme a essayé de tuer notre voisine d'en face et la femme n'a pas hésité à assommer Michel avec une batte de baseball. Cela va un peu au-delà du « couple spécialisé pour ce genre d'affaires », tu ne trouves pas ?

- Euh, je ne l'ai su qu'après et je le regrette. J'ai d'ailleurs mis fin à leur contrat dès que je l'ai appris.

- Mais putain, arrête de prendre ce ton de gamin geignard et dis-moi enfin la vérité ! Tu as fait tout ça pour de l'argent ?

- Euh, je venais d'acquérir aux enchères un dessin original d'Hergé contre une grosse somme et je devais transférer l'argent avant fin mai si je ne voulais pas perdre la vente ! Je remettais le programme, le contrat était rempli, je touchais le solde et vous auriez alors été en sécurité.

- Non, mais je rêve ! Tes stupides dessins passent avant ta famille ! Et ceux dans ton bureau, tu avais l'intention de me les laisser ? J'ai des doutes. Tu as indiqué dans ta confession qu'il y en avait pour près d'un million d'euros !

- Euh, en fait, j'avais prévu de les récupérer début juin, pendant le week-end de la Pentecôte. Au moment où, tous les ans, tu rejoins tes parents avec les garçons dans leur villa sur la côte.

- Sauf que tu avais pensé à tout, à un détail près… mon insomnie qui m'a permis de te démasquer !

- Et si tu savais comme je m'en veux ! J'ai pris sur un coup de tête la décision de prendre la place de Bernard après l'accident, et j'ai réalisé trop tard qu'il n'y avait plus de retour en arrière possible. Maintenant, je t'en prie, dis-moi où est passé le PC ? Je suis désolé d'insister lourdement mais j'ai réellement besoin de le récupérer, ne serait-ce pour que vous ne risquiez plus rien, les enfants et toi…

- Bon, comme je vois que vous êtes en partie calmés tous les deux, je vais en profiter pour aller aux toilettes. Stéphanie, je te laisse avec ton mari, et je t'en prie, essaie de ne pas l'étrangler avant mon retour… N'oublie pas qu'il est théoriquement déjà mort !

En disant ces mots, Sidonie se lève et se dirige vers la petite pancarte clouée au-dessus de la porte près du bar. Elle n'a pas encore annoncé à son amie le vol de l'ordi dans la voiture de Michel et préfère ne pas être questionnée sur le sujet en présence de Julien.

À cet instant, elle ne s'étonne pas du départ précipité d'une jeune femme blonde portant des lunettes de soleil. Une cliente pressée au point de partir sans même terminer son assiette.

35

Des bribes de la conversation entre Julien et Stéphanie lui avaient échappé, notamment lorsque celui qu'elle connaissait auparavant sous le pseudonyme de monsieur Dupont baissait la voix, mais Alex avait retenu l'essentiel : des dessins d'une valeur de près d'un million d'euros étaient accrochés sur des murs du bureau de la maison des Vautier !

Il ne lui avait pas fallu longtemps pour comprendre le bénéfice qu'elle pourrait en tirer. Si elle l'avait su plus tôt, la jeune femme se serait servie lors de la première visite dans l'ancienne ferme et n'aurait pas perdu inutilement du temps à la recherche d'un ordinateur fantôme.

Un million d'euros ! Une somme plus que suffisante pour redémarrer une nouvelle vie sous une autre identité. Et cette fois plus question de s'associer avec qui que ce soit. Bye-bye David et consort ! Elle travaillera désormais seule et n'aura plus à trainer les erreurs d'un partenaire comme un boulet.

Une fois sortie du restaurant, Alex reprend sa voiture pour se diriger vers Camphin. Le serveur sera surpris qu'elle ait à peine touché à son plat, mais le billet qu'elle a généreusement laissé sur la table suffira à le rassurer sur la qualité de la cuisine. Après tout, des clients qui sont obligés de stopper précipitamment leur repas pour gérer une urgence, cela arrive ! Et justement, le vol qu'elle s'apprête à commettre a tout d'une urgence !

Pendant le trajet, l'ancienne associée de David peaufine son plan.

Elle connait les lieux. Il ne lui faudra pas plus de quelques minutes pour s'emparer de tous les cadres, dont elle estime le nombre à une dizaine. Pour la porte d'entrée, n'ayant pas la dextérité de son ex-partenaire, elle se contentera de casser une vitre. Celle de la cuisine conviendra. Même un double, voire un triple vitrage, ne résistera pas à un coup de cric bien appliqué ! Et après, direction la Belgique, distante de quelques centaines de mètres, pour échapper à la police et dénicher un éventuel acheteur. Avec son réseau, cela ne devrait pas être trop difficile. Même à la moitié de leur valeur, elle ne doute pas que les dessins trouveront preneur.

Alex a le sourire. Avec le nombre de cinglés qui collectionnent tout et n'importe quoi, cela serait bien le diable qu'elle ne réalise pas une juteuse opération.

Seul point d'interrogation, la présence ou non d'occupants dans la maison. La jeune femme a entendu l'épouse évoquer des enfants. Lors du cambriolage, elle-même avait visité deux chambres à l'étage qui semblaient être celles d'ados. Se pourrait-il qu'ils soient dans le logement en ce moment ? C'est un risque à ne pas négliger, car dans ce cas, que fera-t-elle s'ils la surprennent ? Elle préfère ne pas y songer, d'autant qu'elle n'a plus vraiment le choix. Les enjeux sont devenus trop importants pour renoncer maintenant.

Le véhicule arrive au niveau du panneau indiquant l'entrée dans Camphin-en-Pévèle. Il n'est plus l'heure de tergiverser. Alex tâte une dernière fois le pistolet dans son sac pour se rassurer.

Dans dix minutes tout au plus, elle tiendra sa vengeance et sera riche.

*

En ce début d'après-midi, Gisèle est dépitée. Elle s'est rendue dans la matinée à la mairie dans l'espoir de pouvoir visualiser les images de vidéosurveillance. Peine perdue. Elle s'est vu adresser une fin de non-recevoir.

- Eh non, madame Petit, un particulier ne peut pas avoir accès à des images filmées sur la voie publique ! Vous comprenez parfaitement que chacun a droit à sa vie privée. De toute façon, le visionnage ne peut être opéré que par une personne habilitée et il faut une bonne raison pour cela.

- Mais ce n'est pas possible ! Vous devez me croire ! J'ai vu cette nuit en chair et en os mon voisin, qui a été incinéré il y a trois semaines, et je peux vous dire qu'il était bien vivant. Il me faut ces images pour montrer aux gendarmes que je n'ai pas rêvé, sinon ils me prendront pour une folle !

- Je suis désolée, mais je ne peux rien pour vous. J'admire le courage dont vous avez fait preuve hier, mais malgré ça, je ne peux pas vous aider. Vous savez, quand on a eu beaucoup d'émotions, il peut ensuite arriver qu'on s'imagine des choses. C'est le contrecoup, à ce qu'il paraît. Aussi suivez mon conseil : rentrez chez vous, faites une bonne sieste et vous verrez qu'après cela, tout vous semblera plus clair !

En désirant être aimable, la jeune femme en charge de l'accueil du public a involontairement vexé la septuagénaire. Gisèle est partie en bougonnant, sans même lui adresser un au revoir.

En sirotant un café, assise sur son canapé, elle rumine sa rancœur contre tous ces fonctionnaires trop obtus pour la croire. Elle qui espérait demeurer dans la lumière grâce à sa découverte ! La petite sieste d'après déjeuner qu'elle a l'habitude de s'octroyer lui semble désormais incongrue. Elle doit d'abord retrouver son honneur.

Son amie Anne-Marie et cette employée de la mairie trop zélée ne veulent pas admettre ce qu'elle a vu. Eh bien qu'à cela ne tienne, elle leur prouvera qu'elle a toute sa tête et qu'elle ne s'est pas trompée ! Et pour cela, elle a un plan : elle se rendra à l'ancienne ferme, sous un prétexte futile, et engagera la conversation avec cette madame Vautier. Forte de son expérience et en observant ses réactions, il serait alors bien étonnant qu'elle ne puisse pas deviner si la voisine a quelque chose à cacher. Comme par exemple, un mari « décédé » !

*

Alex s'est garée directement dans un coin de la cour à l'abri des regards. Plus discret qu'à portée de vue de cette retraitée, source de ses ennuis. La voiture de l'épouse du miraculé est stationnée près de l'entrée mais elle ne s'en soucie pas. Elle la sait absente, et pour cause…

Un déferlement musical émanant du salon la convainc immédiatement de ce qu'elle redoutait : le logement des Vautier n'est pas vide. Une personne au moins l'occupe. Heureusement pour elle, le volume sonore a couvert son arrivée. Rassurée, elle s'empare du cric dans le coffre et glisse le révolver sous sa ceinture.

En s'approchant de la fenêtre de la pièce, elle ne peut réprimer une grimace à l'écoute des bruits de voix qui en émanent. Ce n'est pas un, mais au minimum trois ados, qui perturberont ses plans : a priori une fille et deux garçons. La poisse !

Prudemment, elle jette un coup d'œil en s'accroupissant. C'est bien cela. Trois jeunes gens engloutissent des pizzas sur fond de musique électro. À espérer qu'il n'y ait personne d'autre dans la maison !

Un élément plaide en sa faveur. La musique est suffisamment forte pour masquer le bruit d'un carreau qu'on casserait. À moins que…

Fébrilement, elle appuie sur la clinche de la porte d'entrée. Se pourrait-il que… ? Oui, elle s'ouvre sans difficulté. L'avantage de la présence d'une jeunesse insouciante à l'intérieur. Par chance, l'accès vers le salon n'est pas ouvert. Finalement, tout ne se déroule pas si mal pour elle !

Alex entre et se retrouve dans le couloir. Elle referme doucement la porte contre le chambranle, sans l'engager dans la serrure. De cette façon, elle pourra ressortir plus facilement et de l'extérieur aucun passant ne s'imaginera qu'un casse de près d'un million d'euros est en train de se produire en plein milieu de la journée…

$*$

En entrant dans l'enceinte de la ferme, Gisèle est assaillie par un déluge de décibels. Elle repère également dans un angle de la cour, en plus de la voiture de madame Vautier, un véhicule qu'elle n'a jamais vu. Il ne lui faut guère que quelques secondes pour s'imaginer la scène : les deux ados ont dû organiser une petite fête et l'auto appartient de toute évidence à l'un des invités.

Alors qu'elle s'apprête à sonner, elle constate que le pêne n'est pas engagé. Une simple poussée lui ouvre l'accès au couloir. Dans le tumulte ambiant, personne ne s'est aperçu de son arrivée. « Ah ces jeunes ! Tous des inconscients. On pourrait cambrioler la maison qu'ils ne le remarqueraient même pas ! », ne peut-elle s'empêcher de penser.

Inutile de perdre du temps avec eux, elle reviendra plus tard quand leur mère sera rentrée. Elle a dû s'absenter avec une amie, ou plutôt « un ami », car les jeunes sont forcément seuls. Elle ne voit pas un adulte tolérer un tel boucan dans une habitation !

Par acquit de conscience, autant que par curiosité, elle jette un œil dans la cuisine. La table est encombrée par des bouteilles de bière et des boites vides de pizza, mais il n'y a aucun membre de la famille dans la pièce, comme elle s'y attendait. Elle s'apprête à revenir sur ses pas quand un coup porté de l'autre côté du mur attire son attention. En dépit de son âge, Gisèle a toujours conservé une oreille fine. La vague impression qu'elle a eue en pénétrant dans la maison serait-elle la bonne ? Se pourrait-il qu'un individu ait profité du vacarme pour s'introduire dans l'ancienne ferme, en toute discrétion, afin de commettre un vol ?

La septuagénaire recule dans la cuisine. Si elle ne se trompe pas, elle qui voulait de l'animation dans sa vie va être une fois de plus servie. À moins qu'elle ne soit de nouveau la proie de son imagination débordante, comme Anne-Marie le suggérerait certainement si elle était en ce moment avec elle ! Le cerveau en ébullition, la retraitée décide de ne pas prévenir les ados. Il n'est pas nécessaire de les exposer à un risque. En plus, en cas d'erreur, elle passerait pour une folle et les jeunes ne manqueraient pas de s'interroger sur la raison de sa présence dans la maison.

Le volume de la musique, soudain plus élevé, est suivi de pas dans le couloir. Un des ados se dirige vers la cuisine, sans doute pour s'approvisionner en boissons. En l'absence d'endroit où se cacher, Gisèle n'en mène pas large. Elle s'apprête à se dissimuler sous la table quand elle surprend un échange, à quelques mètres seulement :

- Mais vous êtes qui, vous ?

Un garçon dont la voix mue, peut-être le plus jeune fils des Vautier, a rencontré quelqu'un qui n'aurait pas dû se trouver là.

Une femme lui répond, froide et déterminée :

- Retourne dans le salon avec tes amis et il ne t'arrivera rien. Je suis armée et je n'hésiterai pas à tirer si tu ne me laisses pas passer !

Une cambrioleuse ! Elle ne serait pas étonnée qu'il s'agisse de la prétendue femme enceinte. Gisèle n'a pas le temps de se réjouir de sa clairvoyance. La situation menace de déraper. La réaction du jeune homme lui en apporte très vite la confirmation.

- Pas question ! Je suis ici chez moi et vous n'avez rien à y faire. Vous posez ce que vous avez dans les bras et vous partez. Thomas ! Chloé ! Venez m'aider ! Vite ! Il y a une voleuse qui essaie d'emporter les dessins de papa.

En dépit de la musique assourdissante, les cris de Louis ne passent pas inaperçus. Les deux personnes appelées déboulent dans le couloir, anticipant une plaisanterie douteuse de l'adolescent.

Voyant les événements sur le point de lui échapper, Alex a posé son butin sur le sol et empoigné son arme.

- Petit con ! Tu l'auras voulu. Tu vois ce révolver. Je ne plaisante pas ! Et vous deux, vous retournez sagement d'où vous venez si vous ne voulez pas avoir d'ennuis.

Thomas, moins téméraire que son jeune frère, recule. Il a toujours trouvé infantile la passion de son père pour Tintin. À quoi bon prendre des risques inconsidérés pour quelques babioles sans intérêt ?

- Louis ! Viens avec nous et laisse-la partir. Ne te mets pas en danger pour ces merdes. Tu peux me croire, c'est ce que dirait Maman si elle était là !

- Ah ! Voilà enfin quelqu'un de raisonnable ! Et tous les deux, vous refermez la porte derrière vous, mais toi, la grande gueule, tu restes avec moi. Tu vas m'aider à porter les cadres. Tu vas les prendre et me suivre jusqu'à la voiture. Je te laisserai ensuite partir si tu es obéissant.

- Je ne vous suivrai pas ! D'abord votre révolver, c'est du bluff !

La patience d'Alex est à bout. Elle déverrouille le levier de sécurité et tire une balle dans le plafond. C'en est trop pour Louis qui réalise alors que la jeune femme ne cédera pas. Rattrapé brutalement par la réalité, il craque et éclate en sanglots. Dans le salon, Thomas a stoppé la musique et se précipite de nouveau dans le couloir. Chloé, la copine de Thomas, est en pleine crise d'hystérie.

- Tout le monde se calme. Personne n'est blessé. Il ne vous arrivera rien si vous suivez mes instructions. Toi, tu t'occupes de ta petite amie, et toi, tu cesses de pleurer comme un bébé et tu passes devant moi avec les dessins. Et puis tu as tort de défendre ton père comme tu le fais. Il n'est pas du tout celui que tu crois !

Gisèle est tétanisée. La situation la dépasse. Pourtant, elle ne peut rester sans réagir. Elle prend sur la table la première chose qui lui tombe sous la main. En l'occurrence, une bouteille de soixante-quinze centilitres remplie de bière, pouvant facilement faire office de massue.

Elle se place un peu en retrait de la porte de la cuisine et attend. Le garçon apeuré, ramasse les cadres, et d'un pas mal assuré, passe devant la retraitée sans la voir, suivi de près par la cambrioleuse.

Quand cette dernière arrive à sa portée, la septuagénaire n'hésite pas une seule seconde et assène avec l'arme improvisée un violent coup sur la tête de la femme. Celle-ci, surprise, ne peut l'éviter, et dans un réflexe désespéré, utilise une deuxième fois son pistolet, avant de s'effondrer.

La déflagration est violente et perturbe en ce début d'après-midi une nouvelle fois la tranquillité de la commune. À l'intérieur de la ferme, le temps semble suspendu. Plus personne n'ose bouger. En l'espace d'un instant, le silence réinvestit les lieux.

Et tandis que des regards inquiets sont échangés, un deuxième acteur du drame s'affaisse lentement sur le sol !

36

Thomas est le premier à réagir. Les oreilles toujours assourdies par le coup de feu, il se saisit du révolver par le canon et le place dans un tiroir de la cuisine. En appréhendant le pire, il se tourne ensuite vers leur sauveuse.

Allongée de tout son long sur le carrelage, celle-ci ne bouge plus. Il s'agenouille près d'elle et lui saisit un poignet. Une pulsation perceptible mais faible le rassure. La retraitée est encore en vie. Il l'examine alors rapidement sans la toucher. Pas de trace de sang. Elle ne parait pas avoir été atteinte par le deuxième tir. Peut-être subit-elle le contrecoup et s'est-elle simplement évanouie sous le coup de l'émotion ?

En détaillant ses traits, il constate que son visage ne lui est pas inconnu. Il l'a aperçue à plusieurs reprises et se souvient d'elle. Leur voisine d'en face, celle qui passe ses journées à les observer de sa fenêtre ! Aucun doute possible. Quant à la raison de sa présence chez eux, cachée dans la cuisine, mystère.

Mais il faut désormais agir vite. Il ne se pose pas davantage de questions et interpelle son amie toujours sous le choc, demeurée en retrait :

- Chloé, ressaisis-toi et appelle la police ! Explique-leur brièvement ce qu'il s'est passé. Ils sauront quoi faire. Louis, pose les cadres sur le sol et va chercher de la corde dans le garage pour attacher notre voleuse ! Elle est sur l'étagère du milieu. Celle qui est contre le mur du fond. Tu ne peux pas la louper. Je l'ai rangée là hier. Moi, je vais m'occuper de mettre la voisine en position de sécurité en attendant les secours, en espérant que ce ne soit pas trop grave.

Les deux autres ados s'exécutent sans discuter. Thomas, d'habitude si introverti, a pris la direction des opérations et cela leur convient.

Sa formation de secouriste lui est utile. Sûr de lui, il réalise sans se tromper les premiers gestes qui sauvent.

Louis revient déjà du garage. Ensemble, ils attachent solidement leur visiteuse en commençant par les mains. Il était temps. Elle commence déjà à bouger ! Rapidement, ils lui enserrent les pieds. Satisfaits d'eux, ils prennent quelques secondes pour l'observer. Ils ne peuvent le nier : blonde et élancée, c'est une belle femme. Le genre de beauté capable d'émouvoir deux adolescents en temps normal. Mais pas aujourd'hui ! Pas après ce qu'elle leur a fait subir. D'ailleurs, elle est désormais leur prisonnière et ne peut plus rien contre eux. C'est un soulagement ! Quand ils pensent que cette harpie n'a pas hésité à tirer par deux fois !

Elle ouvre déjà les yeux et réalise qu'elle est entravée. Furieuse, elle apostrophe les deux frères :

- Mais c'est quoi ce bordel ! Vous me libérez tout de suite ou je vous préviens…

- Tu ne nous préviens de rien du tout. On a appelé la police et elle ne va pas tarder à arriver ! Alors maintenant tu te tais !

Les nerfs de Louis lâchent. Il ne parvient plus à conserver son calme. À deux doigts de gifler celle qui les menace, il se retient.

Chloé a raccroché. Elle s'était isolée dans le salon pour contacter les forces de l'ordre. Son retour inopiné interrompt un échange qui était sur le point de s'envenimer.

- Les flics arrivent avec les pompiers. Au début, le type qui a pris l'appel croyait à une blague. Mais dès que je lui ai communiqué l'adresse et exposé la situation, il a commencé à me prendre au sérieux.

- Cela ne m'étonne pas, c'est la troisième fois qu'on les appelle en trois jours ! Bon, je préviens Maman !

Les derniers mots de Thomas allument une lueur de haine dans les yeux d'Alex.

- Et ton papa, tu ne le préviens pas ?

- Mon papa est mort. Alors tu le laisses où il est !

Louis est tombé dans le piège. Il n'a pu s'empêcher de répondre à la provocation de la jeune femme. Un mauvais sourire se dessine immédiatement sur le visage de celle-ci. Elle comprend alors que les enfants du couple ignorent encore la soudaine réapparition de leur paternel.

- Tu es vraiment certain de ce que tu avances ? Eh bien, ouvre grandes tes oreilles et écoute-moi bien petit con ! Ton frère s'apprête à appeler votre mère. Qu'il en profite aussi pour lui demander si elle a eu récemment des nouvelles de votre père, il verra bien ce qu'elle lui répondra ! J'ai comme l'idée que vous serez tous les deux surpris par la réponse…

*

Les coups de feu n'étaient pas passés inaperçus dans la petite commune réputée pour sa tranquillité. En ce début d'après-midi, qui plus est un samedi, de nombreux habitants du village s'étaient émus des détonations. Ce n'est donc pas un appel qu'avait reçu la gendarmerie, mais plusieurs.

Peu savaient précisément d'où provenaient les tirs, mais tous étaient d'accord sur un point : une fusillade avait éclaté à Camphin-en-Pévèle. Il n'était donc pas étonnant que ce jour-là, les forces de l'ordre aient convergé en masse vers l'ancienne ferme.

Le quartier avait été bouclé et les badauds encouragés à rester chez eux.

Très vite, le malentendu avait été dissipé. Le nombre de détonations s'était limité à deux et le tireur avait été mis hors d'état de nuire. Personne dans la maison n'avait été touché. Seule une septuagénaire, victime d'un malaise bénin, avait été évacuée vers l'hôpital le plus proche pour des examens complémentaires.

Quand les époux Vautier, inquiets, étaient arrivés à proximité de leur habitation, les gendarmes étaient encore présents et procédaient aux dernières investigations. Alex avait déjà été embarquée, mais par ses paroles, elle avait semé le trouble dans l'esprit des adolescents.

Sidonie avait préféré repartir du restaurant avec sa voiture directement chez elle, Julien se chargeant lui-même de reconduire sa femme à Camphin. Le danger étant écarté et la situation désormais sous contrôle, elle avait compris que sa présence n'était plus indispensable. La mère de Léo avait promis à son amie de revenir avec Michel, plus tard en fin de journée. Elle sentait que ces deux-là avaient besoin d'être seuls avec leurs enfants pour des retrouvailles potentiellement explosives.

Quand Thomas l'avait interrogée sur son père lors de son appel, Stéphanie n'avait pas répondu à la question. Surprise de constater que ses fils avaient eu vent de quelque chose, elle avait volontairement changé de sujet pour différer le moment où elle devrait leur annoncer la nouvelle. À cet instant, elle était lasse et profondément dégoutée par l'attitude de son mari. Elle ne souhaitait pas entrer dans des explications au téléphone avec son ainé. Et puis, elle avait aussi envie que Julien assume personnellement sa décision de passer pour mort auprès des enfants.

Ce dernier avait laissé sa femme devant l'entrée de la cour. Il ne tenait pas à rencontrer les gendarmes aussi vite dans sa situation. Une situation pour le moins exceptionnelle, difficile à exposer en quelques mots, à laquelle les représentants de l'ordre ne devaient pas être confrontés tous les jours. Et surtout, il voulait d'abord avoir une discussion avec Thomas et Louis, sans témoins, pour s'expliquer. Ou tout au moins tenter de le faire !

Les nombreuses libertés prises avec la loi ces dernières semaines lui auraient à coup sûr valu une garde à vue qui l'aurait privé de liberté et empêché de retrouver ses fils dans un environnement familier.

C'est le milieu de l'après-midi, il est presque seize heures trente. La maison s'est de nouveau recentrée sur la cellule familiale. Même Chloé, choquée, a préféré retourner avec sa mère chez elle. Stéphanie est restée évasive face aux questions de plus en plus incisives de Thomas et Louis. À cet instant, elle se demande si son mari ne les a pas une nouvelle fois lâchement abandonnés.

Et c'est au moment où elle a perdu tout espoir de le revoir dans la journée que Julien fait son entrée dans la cour…

Épilogue

- Chéri ! J'entends Léo qui râle. Tu ne peux pas le changer ? Je suis sous la douche. Je crois qu'il a fait caca !

- Laisse-moi encore deux petites minutes ! Je suis en ligne avec Thomas. Je m'en occupe dès que je raccroche… Oui, Thomas ! Excuse-moi, Sidonie me parlait. Mais non, tu ne me déranges pas. Tu as bien fait de m'appeler !

- Ben, en fait je voulais te demander un conseil. Toi qui connais un peu ce connard qui me fait office de père, ne crois-tu pas que…

Une demi-heure plus tard, la communication prend fin. Manifestement, cela ne s'arrange pas pour l'ainé des Vautier.

- Euh, désolé pour tout à l'heure. C'était Thomas ! Il avait besoin d'avoir mon avis. Je pouvais difficilement ne pas répondre !

- Hum ! C'est bon pour une fois, mais je te préviens, il y aura des sanctions ce soir et tu auras intérêt à être très obéissant…

Deux mois s'étaient écoulés depuis les coups de feu et la vie peinait toujours à reprendre son cours normal. En ce dimanche matin, l'appel qui avait empêché Michel de satisfaire à ses obligations paternelles en était la preuve. Il faut dire que durant cette période les événements s'étaient enchainés.

Le jour de sa réapparition, les deux frères avaient eu du mal à croire ce qu'ils voyaient : leur père était vivant !

À son arrivée, leurs réactions avaient pourtant été diamétralement opposées. Autant le cadet s'était jeté en larmes dans les bras de son paternel, tout aussi ému que lui, autant Thomas, frappé de stupeur, était resté sans bouger. Refusant catégoriquement d'embrasser son géniteur, il n'avait pas échangé un seul mot avec lui et avait fini par partir à vélo chez son amie Chloé qui n'habitait qu'à quelques kilomètres.

Comme il s'y attendait, Julien avait fait l'objet d'une garde à vue le soir même. À la suite de quoi, le juge des libertés et des détentions avait ordonné son incarcération pour les besoins de l'enquête. La liste des griefs à son encontre était longue : usurpation d'identité, tentative d'homicide sur Olivier, espionnage industriel… et le risque, jugé important, qu'il s'évanouisse de nouveau dans la nature.

Julien désormais dans une maison d'arrêt, les enfants ne pouvaient le rencontrer qu'au parloir. Depuis son placement en détention, seul Louis avait accepté de lui rendre visite en présence de sa mère. À l'inverse, l'aîné avait conservé ses distances. Il n'avait toujours pas digéré l'attitude de son père. Toute cette souffrance endurée par sa faute et pour des motifs aussi futiles que des dessins de Tintin !

D'un point de vue administratif, la situation s'était avérée autrement plus complexe. Comment mettre en prison et juger un individu officiellement déclaré mort ? Après tout,

266

sa belle-sœur l'avait tout de même identifié à la morgue sur la base de l'alliance retrouvée sur la main droite et non la gauche, un choix personnel de Julien, et à l'époque, personne ne l'avait contredit ! Un test ADN, demandé en urgence par la justice, avait heureusement résolu le problème. L'homme ressuscité comme par miracle était bien Julien Vautier !

Une autre complication était apparue aussi par le fait que Bernard avait été incinéré, dans la mesure où cela rendait les circonstances de sa disparition difficiles à vérifier par les forces de l'ordre. Était-ce vraiment le collègue de travail désigné qui était décédé lors de l'accident ou quelqu'un d'autre ? Ce dernier n'aurait-il pas pu vouloir disparaitre volontairement avec l'aide du prévenu ? Au moins Julien avait-il échappé à l'accusation d'homicide.

Olivier était sorti du coma deux jours après son agression et était rentré chez lui deux semaines plus tard. Très vite, des dissensions avaient éclaté au sein du couple et le routier s'était résolu à quitter le domicile conjugal. Alors qu'il pensait Stéphanie prête à l'accueillir chez elle, il n'en avait rien été. Profondément choquée par les événements qui avaient entouré le retour à la vie de son époux, la mère des deux ados lui avait annoncé qu'elle désirait prendre du recul. Ses enfants avaient besoin d'elle et elle souhaitait clarifier la situation avec Julien avant d'envisager une nouvelle relation. Depuis, Olivier cherchait un but à sa vie. Il avait repris son activité de transporteur et commençait à sortir après le travail en prenant soin de ne pas renouveler la soirée désastreuse qui s'était terminée dans un hôtel. Il en avait profité pour renouer avec des anciens copains que Laurence ne supportait pas. Cela ne comblait pas complètement le vide de son existence, mais l'aidait à maintenir la tête hors de l'eau. Laurence s'éloignait de lui chaque jour davantage et il n'essayait pas de la reconquérir. Pire, il avait fini par découvrir que sa femme le trompait depuis des années et en était arrivé à se demander si cette séparation n'était pas la meilleure des solutions pour lui.

Veuve, puis de nouveau mariée, même si l'état civil peinait encore à valider sa nouvelle condition, Stéphanie éprouvait de son côté un besoin impérieux de souffler. Sans demander l'avis de son mari, elle avait mis en vente les planches de bandes dessinées. Elle avait réussi à trouver facilement un acquéreur, un riche collectionneur belge tintinophile, qui lui avait acheté le tout pour plus d'un million d'euros. Grâce à une partie de cet argent, elle avait contacté la société étrangère qui avait acheté les programmes proposés par « monsieur Dupont » et avait remboursé l'acompte versé, en invoquant un licenciement le contraignant à stopper toutes relations avec eux. Elle avait ainsi conscience de s'être abaissée au même niveau que Julien, mais elle estimait que c'était le prix à payer pour pouvoir définitivement tourner la page.

- Comment ça se passe actuellement entre ton amie et Julien ? Tu penses qu'ils vont se remettre ensemble ?
- Ça m'étonnerait fort ! Elle ne veut plus entendre parler de lui et je ne crois pas qu'elle reviendra sur sa décision

de divorcer. Après tout, Julien n'a que ce qu'il mérite. Il paye pour tout ce qu'elle a enduré. D'ailleurs je te préviens, si tu me fais un jour un coup comme celui-là, n'imagine pas une seconde que je me limiterai à te quitter !

- Mais ce sont des menaces ? Ne peut s'empêcher de s'esclaffer un Michel hilare. Enfin tu me connais ! Tu me crois vraiment capable d'un truc aussi tordu ? En plus, tu n'as rien à craindre. Tu sais très bien que je ne suis pas un grand fan des zombies. Et au fait, moralement, elle tient le coup ?

- Bizarrement, Stéphanie s'est rapprochée de Laurence. Je suis même convaincue qu'elle la voit maintenant plus que moi. Finalement, l'accident sur l'autoroute a servi d'électrochoc à toutes les deux.

- Qu'est-ce que tu entends par « s'est rapprochée » ? Tu veux dire que…

- Mais ce n'est pas possible, vous les mecs, vous ne pensez qu'à ça ! Mais pour tout t'avouer, je n'en sais rien et je me pose régulièrement des questions. Je trouve parfois leur relation un peu ambigüe. Et voilà que je me retrouve à bavasser sur le dos d'une amie ! Au fait, ils ont fini par attraper le complice de la flingueuse ?

- Ah c'est vrai, je ne t'en avais pas encore parlé. Oui, en Belgique ! Il a fini par être localisé grâce à son téléphone. Voilà une belle paire de fumiers sous les verrous ! À propos, j'ai aussi appris que le jeu qui est à l'origine de toute cette histoire avait été profondément modifié. Mon ancienne société n'a pas voulu prendre le risque de sortir le projet initial alors que des morceaux de programme avaient été divulgués.

- Tu crois que le portable qui a été volé dans ta voiture est à l'origine de leur décision ?

- C'est plus que probable. Ceux qui l'ont « emprunté » s'y connaissaient, c'est une évidence, et ils ont dû flairer le potentiel du programme enregistré sur le disque dur ! J'ai également eu de la chance d'avoir pu détruire discrètement la confession de cet enfoiré. Au moins, le préjudice pour l'entreprise se limitera aux fuites avouées par Julien, même s'il faut s'attendre à ce qu'elle lui réclame des dommages et intérêts. Enfin, tout cela c'est de l'histoire ancienne pour nous. Demain, je commence à travailler dans une nouvelle boite et j'espère bien que ce sera plus calme !

- Tu as eu raison de démissionner. Tu étais trop proche de Julien, ta position était devenue intenable. Quant à savoir si être responsable de la sécurité dans une société pharmaceutique sera pour toi moins risqué, j'ai un gros doute ! Mais avec tout ça, comment Julien a-t-il réussi à se faire passer pour son collègue aussi longtemps ? Dans l'entreprise, aucun manager ne s'est inquiété de l'absence de Bernard ? C'est quand même incroyable ! D'accord, il n'avait pas de famille, mais tout de même !

- J'ai l'impression qu'il vivait en ermite et qu'il avait peu de relations avec le voisinage. Pour justifier l'absence de son collègue, Julien avait simplement envoyé un mail avec le PC de Bernard, où il informait l'entreprise qu'il devait anticiper ses vacances d'été pour raisons familiales. Personne aux ressources humaines ne s'en est étonné ! D'ailleurs, le dimanche qui a suivi l'accident, ce petit salopard avait déjà pris soin de remorquer la voiture en panne du parking de l'entreprise jusqu'au domicile de Bernard. En plus, comme il était prudent et qu'il ne regagnait le logement de Bernard qu'à la nuit tombée, comment quelqu'un aurait-il pu se douter de quelque chose ?

- Bon, et si on changeait de sujet ? C'est dimanche. Il fait beau. Cette histoire est derrière nous. Je t'avoue que j'ai maintenant envie de tourner la page. Stéphanie a trouvé en Laurence une nouvelle amie et elle éprouve moins le besoin de ma présence. Alors à quoi bon ressasser le passé ? Nous pourrions nous changer les idées avec une balade au parc ! Tu ne trouves pas ?

À côté de Sidonie, Léo, assis dans son transat, gazouille en tendant la main vers sa poussette. Michel ne peut réprimer un sourire.

- Tu as raison et j'en vois un qui est d'accord avec toi ! Il n'a que quatre mois et il sait déjà ce qu'il veut. J'ai comme l'impression que j'ai intérêt à me tenir à carreau plus tard, si je ne veux pas qu'il me rejette comme Thomas rejette actuellement son père !

- Oui, et surtout fais attention quand il sera plus grand, à ne jamais, jamais, jouer au mort-vivant avec lui !

*

271

Pour Gisèle, c'est le jour de gloire. C'est aujourd'hui que, lors d'une cérémonie à la salle des fêtes, elle reçoit la médaille d'honneur de la ville.

Cela fait déjà plus d'une heure qu'elle est dans la salle de bain à se pomponner. Son amie Anne-Marie, qui s'est mise en devoir de l'accompagner, commence à s'impatienter.

- Tu as bientôt fini ?

- Voilà, j'arrive... Alors, comment tu me trouves ?

- Waouh ! Le moins qu'on puisse dire, c'est que tu t'es mise sur ton trente et un ! Je te rassure. Tu es très bien et ta nouvelle robe te va comme un gant ! D'un autre côté, n'en fais pas trop quand même, tu ne te rends pas au Festival de Cannes !

- Tu ne comprends donc rien. Toutes ces années passées à entendre les gens me considérer comme une vieille folle illuminée. Aujourd'hui, j'ai enfin l'impression que je tiens ma revanche !

- Bon d'accord ! Maintenant, ce n'est pas que je veuille te brusquer, mais avec tout le temps que tu as passé à te préparer, on va finir par être en retard.

- Ok, on y va. On en discutera en route.

- Pourquoi ? Tu as quelque chose à m'annoncer ?

- Attends, je ferme la porte ! Un producteur de télévision m'a appelée hier soir. Il veut porter mon histoire à l'écran et tu ne devineras jamais à qui il a pensé pour le rôle ?

- Non, dis un peu ?

- ... !

Gisèle se penche à l'oreille d'Anne-Marie pour lui divulguer le nom de l'actrice française bien connue, en chuchotant comme s'il s'agissait d'un secret d'État.

- Ben dis donc ma Gisèle, si j'avais su que j'accompagnerais un jour la future conseillère d'une star ! Parce que je suppose que tu ne pourras pas t'empêcher de la guider un peu, histoire qu'elle s'imprègne correctement de ton personnage ! Il ne s'agirait pas qu'elle ruine ta réputation en interprétant mal le rôle !

- Tu te moques encore de moi ! Mais oui, le type que j'ai eu au téléphone ne me l'a pas précisé clairement, mais il a promis que je pourrai assister au tournage !

- Et il t'a révélé le titre qu'il donnera à tes aventures ?

- Attends que je réfléchisse un peu. Cela va me revenir… Ah oui, j'y suis, mais il m'a averti aussi que c'était encore un titre provisoire : « La retraitée mène le bal » !

- Eh bien pour une fois, ce ne sera pas ta petite vie tranquille que tu mèneras. Dommage que *Fenêtre sur cour* soit déjà pris, ça n'aurait été pas mal non plus ! Et j'y pense, ce n'était pas la peine d'emmener tes jumelles. Le maire sera suffisamment proche. Tu n'en auras pas besoin !

- Tu plaisantes ! C'est en partie à elles que je dois ma célébrité. Tu ne voulais tout de même pas que je les laisse chez moi…